www.ingramcontent.com/pod-product-compliance
Lightning Source LLC
LaVergne TN
LVHW051008051026
849532LV00005B/1858
9789358723724

نقلی چہرے

(رسالہ 'چہار سو' سے منتخب افسانے)

ادارہ چہار سو

© Idara Chaharsu
Naqli Chahrey *(Afsane)*
by: Idara Chaharsu
Edition: October '2023
Publisher:
Taemeer Publications (Hyderabad, India)

ISBN 978-93-5872-372-4
9 789358 723724

کتاب	:	**نقلی چہرے** (افسانے)
مصنف	:	**ادارہ چہار سو**
صنف	:	فکشن
ناشر	:	تعمیر پبلی کیشنز (حیدرآباد، انڈیا)
سالِ اشاعت	:	۲۰۲۳ء
صفحات	:	۴۶

فہرست

زندگی کے ساتھ ساتھ

چہار سُو

جلد ۲۷، شمارہ: مئی، جون ۲۰۱۸ء

جلد ۲۲، شمارہ: مارچ، اپریل ۲۰۱۳ء

جلد ۲۳، شمارہ: مارچ، اپریل ۲۰۱۴ء

ای۔میل: chaharsu@gmail.com

قربانی

نند کشور وکرم
(دہلی، بھارت)

شہر سے کوئی دو میل دُور ایک نئی بستی وجود میں آئی تھی اور وہ لوگ جو کرایہ دے دے کر تنگ آ چکے تھے یا جن کنبوں کے تین نسلوں کے افراد میں گزشتہ کئی دہوں سے اضافہ ہو جانے کی وجہ سے جگہ بہت کم پڑ رہی تھی انہوں نے اپنی تنگ و تاریک اور گنجان گلیوں سے نکل کر اس نئی بستی ''باغِ جنت'' کی جانب رُخ کیا تھا، حالانکہ وہاں جنت والی کوئی بات نہیں تھی۔ بس کچھ لوگوں نے شہر سے ڈیڑھ دو کلو میٹر کی دُوری پر کچھ کھیت خرید کر وہاں سو سو، دو دو سو گز کے پلاٹ کاٹ کر مذکورہ غیر قانونی کالونی کی بنیاد رکھ دی تھی۔ جہاں کچھ افراد نے اپنے پرانے مکان بیچ کر یہاں پہلے مکان سے تین گنا زیادہ زمین پر مکان تعمیر کر لیا تھا اور کچھ روپیہ بچا لیا تھا۔ کچھ نے قرض لے کر اور بیوی کے زیور بیچ کر کسی نہ کسی طرح سے یہاں اپنے رہنے کے لئے زمین خرید کر اُس پر ایک دو کمرے تعمیر کر لئے تھے اور اس طرح یہ بستی آہستہ آہستہ آباد ہونے لگی تھی۔

چونکہ زمین سستی تھی لہذا کچھ معاشی طور پر کمزور لوگوں نے سستی جگہ دیکھ کر رہائشی مکان بنانے کی غرض سے بھی وہاں پلاٹ خرید لئے اور چار دیواری ڈال کر اندر ایک کمرہ اور رسوئی تعمیر کر کے وہاں رہنا شروع کر دیا تھا جہاں نہ بجلی دستیاب تھی اور نہ پانی کا کنکشن۔ رات کو وہ لوگ لیمپ جلا کر گزارا کرتے اور پانی پینے کے لئے سب نے گھروں میں اپنے اپنے پمپ لگوا رکھے تھے۔ کالونی میں اکثر پلاٹ خالی تھے کیونکہ کچھ پیسے والوں نے مستقبل قریب میں قیمتیں بڑھنے کی امید پر منافع کی غرض سے پلاٹ خرید کر انہیں خالی چھوڑ دیا تھا۔ اس پر طرہ یہ کہ وہاں نہ تو قاعدے کی گلیاں تھیں اور نہ رہنے کی سہولیات۔ اور موسم برسات میں تو پانی گھٹنوں گھٹنوں تک آجاتا اور اِکے دُکے تعمیر مکانوں تک پہنچنا بہت تکلیف دہ اور دشوار ہو جاتا۔ نہ مکان پوری طرح سے تعمیر ہوئے تھے اور نہ کوئی اشیائے ضرورت خریدنے کی سہولت۔ آمدورفت بھی آسان نہ تھی۔

نریش نے بھی اپنے والد کے انتقال کے بعد بھائیوں سے الگ ہونے کے بعد دو سو گز زمین خرید کر یہاں رہنے کے قابل ایک مکان بنا لیا تھا۔ لیکن اس کا مکان چاروں طرف سے خالی تھا۔ اور اس اُوبڑ کھابڑ گلی میں جو مکان تھے بھی، وہ بھی ایک دوسرے سے دُور۔ جب کوئی نیا آدمی اس کالونی میں اپنا مکان بنانا شروع کرتا تو وہاں کے باشندوں کو بڑی خوشی ہوتی کہ چلو کوئی تو کالونی میں آیا۔ لیکن نریش کا مکان کوئی ایک سال تک بالکل تنہا کھڑا تھا نہ اُس کے دائیں کوئی مکان تھا نہ بائیں نہ عقب میں اور نہ بالمقابل۔ دن تو کسی طرح کٹ جاتا لیکن رات کو وہ اور اُس کی بیوی ایک نامعلوم ڈر سے خوفزدہ سے رہتے کہ آگے پیچھے کوئی سننے والا نہیں اگر رات کچھ ہو جائے تو......؟

لیکن ایک دن ایشور نے اُن کی بھی سُن لی۔ اور وہ صبح اُٹھے تو اُن کے سامنے والے خالی پلاٹ کی بنیادیں کھودنے کے لئے چند مزدور جمع تھے۔ انہیں دیکھ کر نریش کو انتہائی خوشی ہوئی اور اُس نے جلدی سے اپنی بیوی کو آواز دی جو کہ رسوئی میں چائے بنانے میں مگن تھی۔ وہ بھی اُس کی آوز سے سمجھ گئی تھی کہ کوئی غیر معمولی بات ہے جو وہ اتنے زور سے اُسے بلا رہے ہیں۔ باہر آئی تو اُس نے سامنے مزدوروں کو بنیادیں کھودتے ہوئے دیکھا جس سے اسے بے پناہ خوشی ہوئی جیسے اُس کی لاٹری نکل آئی ہو۔

اس کے بعد نریش نے باہر جا کر بنیادیں کھدوا رہے صاحب سے دعا سلام کی اور اپنا تعارف کراتے ہوئے بولا۔ جناب میرا نام نریش ہے اور یہ سامنے کا مکان میرا ہے۔''

اس پر پلاٹ کے مالک نے بڑے زور سے اُن سے مصافحہ کرتے ہوئے کہا۔''جی میرا نام سید الطاف علی ہے۔ ہم بریلی کے رہنے والے ہیں۔ مَیں یہاں سیکرٹریٹ میں ملازم ہوں۔ کرائے پر رہنے کی وجہ سے گزر اوقات مشکل ہوتی تھی۔ سوچا یہاں اپنے دو کمرے اور رسوئی کھڑی کر لیں۔ کم از کم کرائے سے تو نجات ملے گی۔

''جی بہت اچھا وچار ہے۔ نریش نے کہا آیئے سامنے کمرے میں بیٹھیں۔ آج دھوپ کچھ زیادہ ہی ہے۔''

پھر نریش الطاف علی کو گھر لے آئے اور بیٹھک میں بٹھا کر اندر سے شربت لے آئے اور پھر اُن میں کچھ ہی دنوں میں قربت اتنی بڑھ گئی کہ جب بھی الطاف علی صبح و شام تعمیر کی رفتار دیکھنے، مستریوں کو ہدایات دینے اور اُن کی ضرورت کا سامان بہم پہنچانے کے لئے آتے تو نریش سے بھی صلاح مشورہ ضرور کرتے۔ بلکہ کبھی کبھار تو نریش کو بھی خبر گیری اور نگرانی کے لئے بھی کہہ دیتے۔

اور جب مکان تعمیر ہو گیا تو الطاف علی کی فیملی بھی وہاں منتقل ہو گئی۔ فیملی کیا تھی میاں بیوی اور دو بچے۔ ایک چار سال کا لڑکا ارشاد اور ایک دو سالہ بیٹی نسرین۔ وہ لوگ بھی جلد ہی نریش کی فیملی سے گھل مل گئے کیونکہ نریش کا بیٹا سریش بھی کوئی چار پانچ سال کا تھا۔ اُن دونوں بچوں میں اچھی دوستی ہو گئی اور اتفاق سے اُن دونوں کا داخلہ بھی ایک ہی اسکول میں ہو گیا جس سے دونوں اکٹھے اسکول جاتے اور اکٹھے ہی واپس آتے۔ اور یہی نہیں دونوں میں اتنی قربت ہو گئی کہ وہ ایک دوسرے کے بغیر رہ بھی نہ پاتے۔ کبھی ارشاد سریش کے گھر چلا جاتا تو کبھی سریش اُس کے گھر چلا جاتا۔

یہی نہیں دونوں کی بیویوں میں بھی گہری دوستی ہو گئی اور وہ بھی اپنے فرصت کے اوقات اکٹھے کاٹتیں۔ جب شوہر دفتر اور بچے اسکول چلے جاتے تو دونوں سہیلیاں اکٹھی بیٹھ کر اپنے دُکھ سُکھ بانٹتیں اور ایک دوسرے کو مشورے دیتیں۔ دونوں گھروں میں اتنی قربت ہو گئی کہ الگ الگ ہوتے بھی ایک ہی دکھائی دیتے۔ شام کو جب الطاف اور نریش واپس آتے تو وہ بھی کوشش کرتے کہ اکٹھے بیٹھ کر چائے پئیں۔ کبھی الطاف نریش کے ہاں آجاتے اور کبھی نریش الطاف کے

گھر۔ان دونوں نے مل کر کالونی کی بھی ایک سوسائٹی قائم کر لی تھی اور وہ ہر اتوار کو اکٹھے ہو کر کسی ایک کے گھر میٹنگ کرتے جس سے سبھی کالونی والوں میں میل جول بڑھنے کے ساتھ ساتھ کالونی کو سدھارنے کی کوششیں بھی کی جانے لگیں۔

الطاف علی پڑھے لکھے نوجوان تھے۔انہوں نے ایم اے تک تعلیم پائی تھی اور وہ مرکزی سرکار میں کسی ڈپٹی سیکرٹری کے پی اے تھے اور انگریزی میں خوب مہارت رکھتے تھے۔کالونی والوں نے انہیں اپنے ویلفیئر سوسائٹی کا سیکرٹری بنا دیا جس سے وہ سوسائٹی کے لئے وزیر اعلیٰ اور دوسرے افسران کو اپنی دشواریوں سے آگاہ کرنے لگے۔نتیجہ یہ ہوا کہ پہلے وہاں بجلی فراہم کر دی گئی اور پھر پمپ کی جگہ انہیں کارپوریشن کا پانی بھی فراہم کر دیا گیا۔

پانی اور بجلی کے آنے سے کالونی کی قسمت ہی بدل گئی۔کالونی میں پلاٹوں کے ریٹ بڑھ گئے اور ساتھ ہی دھڑا دھڑ مکان بننے لگے اور ضرورت کی دکانیں بن جانے سے ہر چیز کالونی میں ہی دستیاب ہونے لگی۔

الطاف بڑے دیندار قسم کے انسان تھے۔وہ نماز روضے میں کبھی قضا نہ کرتے اور انسانوں کی خدمت کرنا سب سے بڑا ضروری کام سمجھتے تھے۔کالونی والے بھی جب بھی کوئی دقت ہوتی اُن کے پاس آتے اور اپنے مسائل اُن کے سامنے رکھتے اور وہ اس سلسلے میں اُن کی آواز افسران تک پہنچانے کے لئے کئی درخواستیں بھیجتے اور اُن کے کام سنور جاتے۔

ایک دن الطاف علی شام کو دفتر سے لوٹے تو اپنے ساتھ ایک دو تین ہفتے کا میمنا بھی لے آئے تا کہ چند ماہ بعد آنے والی بقرعید کے موقع پر اس کی قربانی دے کر ثواب کمائیں۔جوں ہی وہ میمنا لے کر داخل ہوئے اُن کا بیٹا رضا خوشی سے پاگل سا ہو گیا اور وہ کبھی اُسے گود میں اُٹھاتا کبھی اسے بسکٹ اور روٹی کھلاتا۔پھر وہ اُس ننھے سے بکرے کو اُٹھائے سریش کے گھر پہنچ گیا اور اپنے دوست سریش کو دکھا کر کہنے لگا۔"دیکھ سریش میرے ابا میرے لئے کیا لائے ہیں؟"

سریش حیرانی سے اُس ننھے سے میمنے کو دیکھنے لگا اور پھر تھوڑی ہی دیر میں وہ بھی اُس سے گھل مل گیا۔اور انہوں نے اُس کا نام 'سلطان' رکھ دیا۔وہ دونوں اُسے "سلطان سلطان" کہہ کر پکارتے تو وہ بھی کان کھڑے کر لیتا۔وہ دونوں سارا دن اُس سے کھیلتے رہتے اور اُس کی خوب خدمت کرتے۔کبھی اُسے گھاس کھلاتے تو کبھی بسکٹ اور ڈبل روٹی۔جس سے دیکھتے ہی دیکھتے میمنا بڑھتے بڑھتے ایک شہ زور بکرے کی شکل اختیار کرنے لگا۔حتیٰ کہ اس میں اتنی طاقت آ گئی کہ وہ ان دونوں سے سنبھالا بھی نہیں جاتا تھا۔اب وہ اُسے زیادہ تر باندھے رکھتے اور مختلف اشیا سے اُس کی خاطر تواضع کرتے۔وہ اُن کے لئے کھلونا بھی تھا اور اُن کا خاص مہمان اور ساتھی بھی۔

پھر دیکھتے ہی دیکھتے 'سلطان' اتنا قد آور اور زور آور ہو گیا کہ جو بھی دیکھتا اُس کی تعریف کئے بغیر نہ رہتا۔الطاف علی اور اُن کی بیوی نسرین خوشی سے پھولے نہ سماتے کہ عید میں اس بکرے کی قربانی دے کر وہ ثواب کمائیں گے اور اپنی آخرت کو سنواریں گے۔مگر ننھا رضا اور سریش ان باتوں سے بے نیاز بکرے کی روٹی بسکٹ، ڈبل روٹی، سبز گھاس اور سبزیوں سے خوب خاطر تواضع کرنے اور اُس کے ارد گرد گھومنے اور کھیلنے میں منہمک رہتے۔

مگر ایک دن ایسا آیا کہ جب لوگ عید کی خوشیاں منا رہے تھے اور قربانی کے لئے اپنے پالے پوسے بکروں کی قربانی دینے کی تیاری کر رہے تھے تو اپنے بکرے 'سلطان' کی قربانی کی خبر سُن کر رضا اور سریش دونوں اُداس ہو گئے۔الطاف علی نے اپنے بیٹے رضا کو بہت سمجھایا کہ قربانی کرنا ہمارا مذہبی فریضہ ہے اور ہر مسلمان اپنی توفیق کے مطابق قربانی دیتا ہے مگر یہ بات اُن بچوں کو نہیں بھا رہی تھی اور وہ 'سلطان' کی قربانی کے خلاف آواز بلند کر رہے تھے کیونکہ وہ بکرا انہیں اپنی جان سے بھی عزیز تھا۔مگر اُن کی ذرا بھی نہ چلی اور عید کی صبح الطاف حسین نے بکرے کو کھونٹے سے کھولا اور سب عزیزوں کی موجودگی میں اسے قربانی کے لئے قصاب کے پاس لے جانے لگے۔یہ دیکھ کر اُن بچوں نے زور زور سے رونا شروع کر دیا۔"ابا اسے مت لے جاؤ۔ہم کس کے ساتھ کھیلیں گے۔وہ ہمارا دوست ہے......ہمارا ساتھی ہے مگر انہوں نے ایک نہ سنی اور بکرے کو زبردستی کھینچتے ہوئے قصاب کے گھر کی جانب روانہ ہو گئے اور بچے روتے روتے تھک کر گہری نیند سو گئے اور انہوں نے عید بھی نہ منائی۔

شام تک عید کی گہما گہمی بھی مدھم پڑ گئی مگر رضا پھر بھی نہ جاگا۔تب الطاف علی کمرے میں اُسے جگانے کے لئے پہنچے مگر کئی آوازیں دینے کے بعد بھی وہ نہ جاگا تو انہوں نے اُسے جھنجھوڑ کر جگایا اور بڑے پیار سے کہا۔

"بیٹا اُٹھو دیکھو ہم تمہارے لئے کیا لائے ہیں" مگر رضا پھر بھی نہ اُٹھا تب انہوں نے کہا۔دیکھو باہر تمہارا دوست 'سلطان' تمہیں بُلا رہا ہے۔"
سلطان کا نام سنتے ہی وہ فوراً اُٹھ کھڑا ہوا اور کمرے سے باہر کی طرف دوڑ پڑا جہاں سلطان بندھا ہوا تھا۔وہ اُسے دیکھ کر اُس سے لپٹ گیا اور اُس کی آنکھوں میں خوشی کے آنسو آ گئے اور اُس نے زور زور سے سریش کو آواز دی۔"سریش دیکھو سلطان واپس آ گیا ہے۔"

سلطان کا نام سُن کر سریش اور اُس کے گھر والے بھی دوڑے دوڑے آئے۔سریش بھی رضا کی طرح سلطان کے گلے مل کر خوشی سے پھولا نہ سمایا۔اور جب دونوں اس کے ساتھ کھیل رہے تھے تو نریش نے الطاف سے اپنی حیرانی کا اظہار کرتے ہوئے پوچھا۔"الطاف بھائی یہ کیسے ہوا.....؟"

الطاف علی نے بڑی سنجیدگی سے رُک رُک کر کہا۔"نریش بھائی مَیں بچوں کو روتا بلکتا چھوڑ کر سلطان کو لئے قربانی کے لئے قصاب کے ہاں جا رہا تھا اور بچوں کے رونے اور چیخنے کی آوازیں میرا تعاقب کر رہی تھیں اور میرا ضمیر نہ مانا لہٰذا مَیں نے دوسرا بکرا قربانی کے لئے خریدا اور اُس کی قربانی دی اور سلطان کو واپس گھر لے آیا کیونکہ کسی کو ناخوش کر کے یا دل دُکھا کر کوئی قربانی دینا شاید اللہ کو بھی منظور نہیں۔"

سنک

انل ٹھکر

(دہلی، بھارت)

نہیں

کیوں؟

میں بے وقوف ہوں اس لیے۔

ایسا نہیں۔۔۔

جیسا بھی۔۔۔مگر یہ نہیں ہوگا۔

میں ٹکٹ کرا کے آیا ہوں۔

کینسل کرادو۔

مگر کیوں؟

خدارا بحث مت کیجیے۔

اتنا کہتے ہوئے میری بیوی کا گلا بھر آیا۔ آواز تھرانے لگی۔ آنکھوں میں آنسو اُمڈ آئے جنہیں پونچھتے ہوئے وہ باورچی خانے میں چلی گئی۔ میں اپنے غصّے کی لاش کو مجبوری کے کفن میں لپیٹے اپاہج کی طرح اسے جاتے ہوئے دیکھتا رہا۔

میری بیوی سنکی ہے۔ جب بھی اس پر دورہ پڑتا ہے تو میں اپاہج ہو جاتا ہوں اور جب اس کی مرضی کی بات پوری ہو جاتی ہے تو وہ سنک کا طوفان آ کر گزر جاتا ہے۔ مگر میری اپاہج انا کی رگوں میں محبت کے خون کی گردش شروع ہونے میں کچھ دن لگ جاتے ہیں اور میں تب تک کڑھتا رہتا ہوں۔

ویسے وہ بُری نہیں ہے۔ عام بیویوں کی طرح وہ بھی بعد خُدا کے شوہر کو درجۂ دوم کے تخت پر عزت و پیار سے بٹھا کر رکھتی ہے۔ مگر جب بھی اس کو دورہ پڑتا ہے تو وہ تختِ دوم ببول کے کانٹوں کے مسند کی طرح میری رگ رگ میں چبھ کر میری چاہت کو چھلنی کر دیتا ہے۔ ہم دونوں ایک دوسرے کو بہت چاہتے ہیں۔ ان بائیس برسوں میں ہماری چاہت میں کبھی زوال نہیں آیا۔ ہماری محبت کی لہریں ہمیشہ کاملِ حد کی جانب بڑھتی رہی ہیں اور نتیجتاً چاہت کے سمندر سے ہمیں دو موتی ملے ہیں۔ پہلے لڑکی۔۔۔شبنم پھر لڑکا۔۔۔جاوید۔

کئی مرتبہ چاہا اسے کسی سائیکاٹرسٹ (Psychiatrist) کے پاس لے جاؤں۔ اس کا علاج کراؤں تا کہ میری انا کو فالج نہ مار جائے مگر وہ ہے کہ سنتی ہی نہیں۔ اسے کسی غیر مرد کے سامنے بے پردہ ہونا منظور نہیں۔ غیر تو غیر میرے دوست احباب میں سے بھی کسی نے اس کی صورت نہیں دیکھی ہے۔ کبھی کسی پارٹی یا جلسے میں جانے کی بات کروں تو ایک ہی جواب دے کر ٹال جاتی ہے۔ میں اور میری ہر چیز آپ کے لیے ہے، نمائش کے لیے نہیں۔۔۔میں نہیں چلوں گی۔۔۔اگر میں غلطی سے بھی اصرار کروں تو اسے دورہ پڑ جاتا ہے۔۔۔ نہیں، وہ ان پڑھ، گنوار نہیں ہے۔ کالج میں دو سال تعلیم حاصل کر چکی ہے۔ اور ایسا بھی نہیں کہ وہ نقاب اور پردے کے ساتھ ہی پیدا ہوئی تھی۔ کالج کے زمانے میں وہ بے پردہ رہی۔ بعد نکاح کے ریسپشن میں بھی وہ بے پردہ تھی یہاں تک کہ شادی کے بعد چار چھ مہینوں تک اس کے پاس پہننے کو برقع نہیں تھا۔

ہماری شادی کو چار پانچ مہینے ہوئے تھے۔ ابھی تو ہمارے دل کی دھڑکنوں نے ایک دوسرے کے لمس کو ٹھیک سے پہچانا بھی نہ تھا کہ ایک دن اس کے والد آ کر اسے بلا لے گئے۔ وہ ایک مہینہ میکے میں رہی اور اس ایک مہینے میں اس نے جو خطوط مجھے لکھے وہ صفیہ جاں نثار اختر کے خطوط سے کسی طرح کم نہ تھے۔ دراصل ان خطوط کے سہارے ہی میں اس کے بغیر ایک مہینہ جی سکا۔ ایک دن بغیر اطلاع کیے اسے واپس لے آنے میں اپنے سسرال بیجاپور جا پہنچا۔ میرے یکا یک پہنچنے سے میری بیوی کی طرح میرے سسرال کے کرائے کے دو کمرے بھی خوشی سے چہکنے لگے۔ گھر کی آبادی کو پھیلانے میں میرے سسر صاحب نے کوئی کنجوسی نہیں برتی تھی۔ لہٰذا میری بیوی کے بعد تین سالیاں اور چار سالے ہیں جو مجھے گھیر کر باتیں کرتے۔ خیر سسر صاحب نے تھیلی اٹھائی اور گوشت لانے بازار کی طرف لپکے، ساس میری بیوی کو لے کر پکوان کی تیاری کرنے لگی مگر وہ باورچی خانے کی مصروفیت سے بچتے بچاتے کسی نہ کسی بہانے ہم جہاں بیٹھے تھے اس کمرے کا چکر لگا کر میری پلکوں میں مسکراہٹ کے موتی پرو جاتی۔

سسرال کی مہمان نوازی کے خمار میں میں نے دوپہر ڈھلتے ڈھلتے طے کر لیا کہ کم از کم ایک ہفتہ تو یہاں ڈیرہ ڈال دیا جائے مگر میرے سامنے ایک بڑا مسئلہ تھا رات کو سونے کا۔۔۔ دو کمرے، اتنے افراد۔ ان افراد سے کئی گنا زیادہ بیجاپور کے شاہی مچھر۔ ان سب میں لمس کی جس پیاس کو لے کر میں یہاں آیا تھا اس کا کیا ہوگا!! بہر حال رات کی رات پر چھوڑ کر میں بیوی کو لے کر تاریخی مقامات دیکھنے کے بہانے گول گنبد کے باغ میں پہنچ گیا۔ وہ باغ میں چہکتی رہی اور میں اس کی آواز کی موسیقی سے مدہوش ہوتا رہا۔

گول گنبد کے باغ سے متصل درگاہ کے دودھیا گنبد کے پیچھے زرد آفتاب اپنی دکان بڑھانے کی تیاری میں تھا۔ میری بیوی نے باغ کے سبزے پر پھیلے اپنے آنچل کو سمیٹا اور ہم ٹہلتے ہوئے گھر کی جانب لوٹنے لگے۔ راہ چلتے باتیں کرتے ہوئے اس کا شانہ بار بار میرے جسم کو چھونے لگا یا یوں کہیے کہ وہ قصداً اپنا جسم میرے جسم سے مس کرنے لگی۔ جیسے شیرنی اپنا جسم شیر کے بدن سے رگڑ کر اسے اُکساتی ہے۔ میں نے دیکھا، آگ دونوں طرف برابر لگی ہوئی ہے۔

راہ چلتے ہوئے اتفاقاً میری نظر ایک بڑے بورڈ پر ٹک گئی۔ میرے ذہن میں برق سی لہرائی۔ میں نے محسوس کیا نفسی پیاس کے مسئلے کا حل مجھے مل گیا ہے۔ میں نے فوراً اپنی بیوی کو سمجھانا شروع کیا وہ اپنی امّی کو راضی کر لے تو ہماری آگ پر لمس کی بارش ہو سکتی ہے۔ پہلے تو وہ میری بات سُن کر سٹ پٹا گئی مگر میرے

بار بار اصرار کرنے پر، کچھ سوچ کر کہ میں خفا نہ ہو جاؤں اور کچھ تو اس کے جلتے بدن کو بھی ٹھنڈک کی ضرورت تھی۔ چنانچہ وہ اپنی امّی کو منانے کے لیے راضی ہو گئی۔ میں جانتا تھا اس کی امّی کتنی بھی دقیانوسی ہوں انکار نہیں کریں گی۔ کیونکہ سسر داماد سے ڈرے نہ ڈرے مگر ساس تو نئے داماد سے سہمی سہمی رہتی ہے اور اگر ساس مان جائے تو بیچارے سسر کو کلین بولڈ ہی سمجھئے۔

کچھ اس طرح بے پناہ مسرتوں سے بھر پور رات ہم نے کچھ جاگتے کچھ جھپکیاں لیتے ہوئے ہوٹل میں گزاری۔ علی الصباح پرندوں نے چہکتے ہوئے پر تولے تو میری بیوی نے گھر جانے کی تیاری شروع کی۔ وہ گھر جلد پہنچنا چاہتی تھی تا کہ میرے پہنچنے تک ناشتہ تیار کر سکے۔ رات جس ٹانگے میں ہم دونوں آئے تھے اسی ٹانگے والے کو میں نے صبح آنے کو کہہ رکھا تھا۔ بیوی کے تیار ہوتے ہی میں نے باہر جا کر دیکھا۔ ٹانگے والا آ چکا تھا۔ میں نے ٹانگے میں بیوی کو گھر بھیج دیا۔

بیوی کے رخصت ہونے کے تقریباً دو گھنٹوں بعد میں چلتا ہوا اپنے سسرال پہنچا۔ گھر میں داخل ہوتے ہی مجھے شبہ ہوا کہ شاید میں اپنے سسرال میں نہیں غلطی سے کسی تاریخی کھنڈر میں چلا آیا ہوں۔ گھر میں چاروں طرف سناٹا طاری تھا۔ میرے سالے، سالیاں کونے میں ایسے دبکے پڑے تھے جیسے کبوتر نے چیل کے پروں کی پھڑ پھڑاہٹ سن لی ہو۔ سسر صاحب ایک طرف کرسی پر منہ لٹکائے بیڑی پی رہے تھے۔ مجھے یوں دیکھا گویا کسی نے مرنے کی خبر سنانے کے لیے انہیں میرا ہی انتظار تھا۔ ساس باورچی خانے کے دروازے سے لگ کر سر پر ہاتھ رکھے سسکیاں لے رہی تھی۔ نظر نہیں آئی اور بس میری بیوی بھی نظر نہیں آئی۔ خوف سے جیسے میرا دل دہل گیا۔ حوصلہ نہیں ہوا کہ کسی سے پوچھوں کہ آخر ماجرا کیا ہے۔ اتنے میں میری بیوی پچھواڑے سے داخل ہو کر باورچی خانے سے ہوتی ہوئی سامنے کے کمرے میں آئی۔ وہ مجھے دیکھ کر رکی اور بولی۔

آج ہمیں جانا ہے۔

کہاں؟

اپنے گھر۔

کیوں؟

بس۔

آخر۔۔۔

میرے چہرے پر پھیلی حیرت کی پروا کیے بغیر وہ کپڑے سوٹ کیس میں بھرنے لگی۔ میں نے اپنے سسر کی طرف دیکھا۔ انہوں نے کرسی سے رگڑ کر بیڑی بجھاتے ہوئے کہا۔

بہت سمجھایا، نہیں مان رہی۔

اُدھر ساس نے روتے ہوئے کہا۔

ہوٹل سے لوٹی ہے تب سے ایک ہی رٹ لگائے ہوئے ہے۔

ہوٹل سے؟ میں نے پوچھا۔

ہاں ہم نے سوچا تم دونوں میں کوئی جھگڑا۔۔۔

نہیں نہیں۔ بالکل نہیں۔۔۔ میں نے اپنی صفائی میں ساس کی بات کو کاٹا ہی تھا کہ دوسری طرف سے میری بیوی چلائی۔

میں نے کہا نا، کچھ نہیں ہوا۔ آپ تیار ہو جائیے، ہمیں جانا ہے۔

آج ہی؟

ابھی۔

مگر۔۔۔

مگر وگر کچھ نہیں۔

گھر میں تم سے کسی نے کچھ کہا؟

نہیں۔

تو؟

خدارا بحث مت کرو۔

اتنا کہہ کر وہ بچوں کی طرح پھوٹ پھوٹ کر رونے لگی۔ گھبرائی ہوئی ہرنی کی طرح اس کا جسم کانپ رہا تھا۔ ہم سب نے بہت سمجھایا۔ بہت پوچھا مگر نتیجہ کچھ نہیں نکلا۔ وہ صرف اڑی رہی اپنی ضد پر۔

یہ اس کی سنک کا پہلا دورہ تھا اور پہلی بار مجھے محسوس ہوا کہ میں اپاہج ہو رہا ہوں۔ اس لیے میں نے جلدی سے اپنے خیمے کے کھونٹے نکالے، تنبو لپیٹا اور بیوی کو لے کر گھر سے باہر نکل رہا تھا کہ وہ جیسے ڈر کر پلٹی اور اپنی امّی سے کہا۔

امّی مجھے تمہارا برقع چاہیے۔

برقع!!! امّی نے پوچھا

ہاں۔

میرے پاس تو پرانا ہے۔

چلے گا۔

یہ ضد بھی اس نے پوری کی اور اس دن پہلی مرتبہ اس نے برقع پہنا جو آج بائیس برسوں کے بعد بھی اس کے جسم سے چپکا ہوا ہے۔ اور شاید اس کے مرنے تک اس کے وجود سے جڑا رہے گا۔ زندگی باوجود اس سنکی دوروں کے بھی بڑی خوشگوار گزر رہی تھی مگر آج کا دورہ بالکل اس دورۂ اوّل جیسا شدید ہے۔ وہی رونے کا انداز، ویسے ہی جسم کا کانپنا، وہی طرزِ گفتگو۔۔۔ خدا کا شکر ہے بچے گھر میں نہیں ہیں۔ ورنہ آج میں کہیں کا نہ رہتا۔ داماد آج ہی بمبئی سے آیا ہے۔ شبنم اور جاوید اس کے ساتھ فلم دیکھنے گئے ہیں۔

ویسے تو صبح سے ہی اس کا موڈ کچھ اکھڑا اکھڑا تو تھا ہی جب شبنم اپنے شوہر کے ساتھ بے پردہ بازار جانے لگی تو یہ اسے ٹوکتے ٹوکتے خاموش ہو گئی۔ مگر جب وہ بغیر برقع کے فلم دیکھنے جانے لگی تو اس نے اسے ٹوک ہی دیا۔ مگر داماد نے اس دقیانوسیت پر ہنستے ہوئے فقرہ کسا اور شبنم اور جاوید کو لے کر چل دیا۔ ان کے جانے کے بعد یہ شیرنی کی مانند بپھر گئی۔ کیونکہ اس نے شروع سے ہی

بچوں کو ماں کی ممتا سے پالا پوسا ہے تو نہایت سخت گیری سے ان کے اخلاق کی نگرانی بھی کی ہے۔اس کو بپھرا دیکھ کر میں نے اپنی سلامتی اسی میں جانی کہ گھر سے نکل جاؤں اور میں بازار کی طرف چلا گیا اور لوٹتے ہوئے داماد اور بیٹی کے لیے ایک شاندار ہوٹل میں کمرہ بک کرا کے آیا۔کیونکہ میرے پاس کُل ڈیڑھ کمرے کا گھر ہے۔داماد بمبئی کا، پھر وہ پہلی بار سسرال آیا ہے۔خاطر داری میں کوئی کمی نہ رہ جائے ورنہ آج کل کے لونڈوں کی طرح کہیں اکھڑ گیا تو مشکل ہو جائے گی۔یہ سوچ کے میں نے ہوٹل میں کمرہ بک کرایا مگر میری بیوی پر یہ سنتے ہی دورہ پڑ گیا اور میں اپاہج ہو گیا۔

میں اپنے اپاہج جسم و جاں کو گھسیٹتا ہوا باورچی خانہ تک پہنچا تو محترمہ اندر سسکیاں لے رہی تھی۔ان کا جسم اب بھی کانپ رہا تھا۔میری سمجھ میں نہیں آیا کیا کروں؟ میں نے پاس میں پڑے اسٹول کو کھینچا اور اس پر بیٹھ کر سگریٹ جلائی اور پینے لگا۔سگریٹ پیتے ہوئے کتنا وقت گزر گیا اس کا خیال نہ رہا۔سگریٹ کا پیکٹ خالی ہوا تو خیال آیا کہ اسٹول پر بیٹھے میرا جسم اکڑ سا گیا ہے۔میں یہ سوچتے ہوئے اسٹول سے اٹھ کر اب تو کسی طرح خاموشی کی یہ دیوار گرانی ہوگی یہ سوچ کر اٹھا۔میں نے حوصلے کو مجتمع کر کے کچھ کہنا چاہا کہ میرے قدموں کے پاس بجتی بجاتی ایک پرچھائی وہاں جا کر رُکی جہاں میری بیوی مصالہ پیس رہی تھی۔میں نے پلٹ کر دیکھا میرے پیچھے شبنم ٹھہری ہوئی تھی۔وہ بہت خوش نظر آ رہی تھی۔میں نے ہٹ کر اسے راستہ دیا وہ لپک کر اپنی امّی سے بولی۔

امّی آپ رہنے دیجیے میں مصالہ پیس دیتی ہوں۔

نہیں، پہلے کپڑے بدل کر ہاتھ منہ دھو لے پھر انور میاں کے لیے چائے بنا دے۔میں نے بیوی کی طرز گفتگو سے اندازہ لگا لیا کہ طوفان آ کر گزر نہیں گیا وہ ابھی بھی اس ڈیڑھ کمرے کے گھر میں چھپا ہوا ہے۔

رات آٹھ بجنے کو تھے شبنم اور اس کی امّی آدھے کمرے میں شام سے ہی انور میاں کے لیے بریانی پکانے میں لگی ہوئی تھیں۔پورے کمرے میں یعنی ہمارے دیوانِ عام جیسی میری خواب گاہ میں انور میاں کسی فلمی رسالے کا مطالعہ کر رہے تھے۔جاوید پڑھائی میں مشغول تھا اور میں کرسی پر سکڑا ہوا مچھر مارتے ہوئے بار بار پہلو بدل رہا تھا۔جب بھی پہلو بدلتا میری جیب میں رکھی ہوٹل کے کمرے کی چابی بج اُٹھتی۔چابی کی آواز سُن کر دُولہے میاں رسالے میں چھپی ہوئی کسی فلمی ادارکاہ کی تصویر سے نظریں ہٹا کر میری جیب کی جانب دیکھتے اور میں اس چابی کی موسیقی سُن کر خدا کو یاد کرتا۔

بعد کھانے کے گلی کے نکڑ پر پان کی دکان کے پاس سگریٹ پیتے ہوئے میں سوچنے لگا۔کسی شاعر نے پائل کو کوستے ہوئے نگوڑی کہا ہے۔کیونکہ اس کے بج اُٹھنے سے اس کی معشوقہ کا راز کُھل جاتا ہے یہ سب سوچتے ہوئے میرے چہرے پر دردبھری مسکراہٹ آ کر چلی گئی۔میں نے سگریٹ کا آخری کش لیا اور گھر کی طرف چل دیا تو سامنے سے جاوید کو آتا دیکھا۔اس کے ہاتھ میں کتابیں تھیں۔میں نے اسے روکا اور پوچھا۔

کہاں جا رہے ہو؟

دوست کے گھر پڑھائی کرنے۔

امّی سے پوچھا؟

جی۔

کب لوٹے گا؟

صبح۔

اتنا کہہ کر وہ چلا گیا۔میں سوچنے لگا کہ یہ سنک کا اونٹ نہ جانے آج کس کروٹ بیٹھے گا؟ کیونکہ جس عورت نے کبھی اپنے بچوں کو وقت بے وقت گھر سے باہر قدم رکھنے نہیں دیا آج اس نے جاوید کو دوست کے گھر جانے کی اجازت کیسے دے دی!!

میں تیز قدموں سے گھر پہنچا۔مجھے یہ دیکھ کر حیرت ہوئی کہ میری دیوانِ عام جیسی خواب گاہ مکمل سجی سجائی خواب گاہ بن گئی تھی۔میں یہ سب دیکھ کر کچھ سوچوں سمجھوں اُس سے قبل میری بیوی نے شکایت بھرے لہجے میں کہا۔کہاں چلے گئے تھے؟

جی۔۔۔سگریٹ۔۔۔میں نے ہکلاتے ہوئے جواب دیا۔

اب چلیے۔دیر ہو رہی ہے۔۔۔اتنا کہتے ہوئے اس نے نقاب چہرے پر ڈالی اور گھر سے باہر نکل گئی۔میں بھی اس کے پیچھے ہو لیا۔بھاگ کر گلی میں اس کے قریب پہنچ کر میں نے آہستہ سے پوچھا۔

ہم کہاں جا رہے ہیں؟

آپ نے کمرہ بک کرایا ہے نا؟۔۔۔اس نے چلتے ہوئے جواب دیا۔

یہ سنتے ہی میرا دماغ سُن پڑ گیا۔میرے سوچنے کی قوت کُند پڑ گئی۔

اُس نے سامنے سے آنے والے آٹو کو روکا اور اس میں سوار ہو گئی۔میں بھی بیٹھ گیا۔آٹو ڈرائیور نے پوچھا کہاں جانا ہے؟ میری بیوی نے مجھے کہنی مار کر جواب دینے کا اشارہ کیا۔میں نے آٹو ڈرائیور کو ہوٹل کا نام بتا دیا۔

☆

آپ نے اس کی تو سُنی۔اب میری بھی ذرہ سن لیجیے۔

میں آٹو میں بیٹھی۔میری آنکھوں سے آنسو بہہ رہے ہیں مگر میں سسک نہیں سکتی کیوں کہ یہ گھر کی چار دیواری نہیں ہے۔بُلبل بھی رونے کے لیے قفس پسند کرتی ہے۔

آج سے کئی سال پہلے ایسی ہی ایک رات میں اور میرے شوہر بیجاپور میں ٹانگے پر سوار ہو کر ہوٹل گئے تھے۔اس رات میں ایک اجنبی خوشی میں ڈوبی جا رہی تھی۔اور آج ڈر سے کانپ رہی ہوں۔اُس رات میرا پورا وجود مسکرا رہا تھا اور آج میرا رواں رواں ماتم کُناں ہے۔اس رات میں مسرتوں کا خزانہ اپنے شوہر پر لٹانے جا رہی تھی۔آج میرے پاس مجبوریوں کے سوا کچھ بھی نہیں۔

اس رات میں اپنا سب کچھ اپنے شوہر پر نچھاور کرنے ہوٹل گئی تھی مگر دوسرے روز صبح ہوٹل چھوڑنے کی تیاری کی تو میں طے نہیں کر پا رہی تھی کہ سب کچھ لٹا کر جا رہی ہوں یا مالا مال ہو کر لوٹ رہی ہوں۔ مجھ پر کچھ ایسا نشہ طاری تھا کہ مجھے لگا میں ہوٹل کے کمرے سے ٹانگے تک چل کر جا بھی پاؤں گی یا نہیں۔ ہر چیز لبریز ہوتی، بھاری بھاری، لچک دار محسوس ہو رہی تھی۔ دل، ذہن، جسم یہ سب شاخِ گل کی طرح جھکے جا رہے تھے۔

میرے شوہر مجھے ٹانگے تک چھوڑنے آئے۔ میں ٹانگے پر سوار ہوئی۔ انہوں نے ٹانگے والے کو پچھلی رات ہمیں لے آنے کا اور اب مجھے چھوڑنے کا کرایہ ادا کیا تو اس بڈھے ٹانگے والے اور ان کے بیچ کچھ تو تو میں میں ہو گئی۔

کیا صرف پانچ روپے؟

کیوں پانچ روپے کم ہیں کیا؟

دس روپے دیجئے جناب دس۔ پانچ آنے کے، پانچ جانے کے۔

یہ لو، ایک روپیہ اور۔۔۔

میں خیرات نہیں مانگ رہا ہوں۔

میرے سمجھانے کے باوجود انہوں نے چھ روپے سے ایک پیسہ زیادہ نہیں دیا۔ مجھے محسوس ہوا جیسے دودھ سے لبریز برتن میں کسی نے نمک کی ڈلی ڈال دی ہو۔ ٹانگے والے نے بڑبڑاتے ہوئے روپے جیب میں ڈالے اور اپنے ہمزاد کا غصہ بیچارے بے زبان گھوڑے پر نکالا۔ اچانک چابک کی مار سے گھوڑا بدک کر تیزی سے آگے بڑھا اور پھر اپنی اصلی رفتار پر آ گیا۔

ٹانگہ چرچراتا ہوا گھر کی طرف گامزن تھا۔ میں اپنے وجود میں نمک کی ڈلی کی جگالی کرتے ہوئے راستے کی بھیڑ سے بے خبر، اداس بیٹھی تھی۔ اتنے میں ٹانگے والے نے جیسے اپنے منہ سے نمک کے ذائقے کو تھوک دینے کے لیے گھوڑے پر چابک چلا دیا اور مجھ سے مخاطب ہوا۔

یہ بابو لوگ، سب ایک جیسے ہوتے ہیں۔

میں نے مڑ کر اس کی طرف دیکھا۔

سُور سالے، بن ٹھن کر گھومتے، کھانے، پینے اور موج مزے پر من مانا خرچ کر سکتے ہیں مگر کسی محنت کش کو دینا ہو تو حرامزادوں کی نانی مرتی ہے۔

اس کا نفرت انگیز جملہ سُن کر میں نے منہ پھیر لیا۔ کچھ پل وہ خاموش ٹانگہ چلاتا رہا پھر بڑے ہمدردانہ لہجہ میں بولا:

بیٹی۔۔۔

لفظ بیٹی اور اس کے پیار بھرے لہجے نے مجھے اس کی طرف دیکھنے پر مجبور کر دیا۔ اس نے میری آنکھوں میں دم توڑتے پرندے کی طرح دیکھتے ہوئے پوچھا۔

بیٹی۔۔۔ اس نے تمہیں تو پورے پیسے دیے ہیں ناں؟

لمبا لیٹ

شموئل احمد

(پٹنہ، بھارت)

فرمان علی بیٹے قربان علی کی پیٹھ پر لمبا لیٹ گیا تھا۔اور بیٹا بھی قریب المرگ باپ کو اینیس Aeneas کی طرح پیٹھ پر لادے شہر شہر گھماتا تھا۔ بیٹے کی پیٹھ دکھتی نہیں تھی۔ باپ کی قربت میں اس کے چہرے پر سورج کی روپہلی کرنوں کی تمازت ہوتی اور آنکھیں دوپہر کی طرح روشن.....

اور بیوی......

بیوی کی آنکھوں میں دھواں سا تیرتا۔وہ بڑبڑاتی۔"ایک یہی رہ گئے ہیں....جیسے اور بیٹے ہیں ہی نہیں.....

اور بیٹے بھی تھے۔ایک دبئی میں رہتا تھا مرجان علی اور دوسرا اسی شہر میں عثمان علی۔کہا نہیں جاسکتا کہ دبئی والا بیٹا کرتا کیا تھا۔ہوسکتا ہے جھاڑو لگاتا ہو لیکن جب گھر آتا تو رنگ ڈھنگ کمپنی کے مینیجر جیسے ہوتے۔وہ پتلون کی جیب میں ہاتھ ڈالے کھڑا رہتا اور بیمار باپ کو اس طرح دیکھتا جیسے بستر پر پڑے کسی قریب المرگ کو اس کے دور کا رشتہ دار دیکھتا ہے۔وہ اپنی گفتگو میں انگریزی کے دو الفاظ بار بار دہراتا "یس" اور "نو"۔گھر کے آنگن میں چہل قدمی کرتا اور سگار کے کش لگاتا۔

عثمان علی کے لیے آبائی مکان چھوٹا پڑتا تھا اور اس کی بیوی پھیل کر رہنا چاہتی تھی۔وہ کسی آئی ٹی کمپنی میں ملازم تھا اور الگ مکان میں رہتا تھا۔عثمان علی کی کمپنی باپ کو بھی طبّی امداد بہم پہنچاتی تھی جس کے لیئے اسپتال میں بھرتی ہونا لازمی تھا۔طبیعت کی زرا سی گرانی پر عثمان علی بزرگ باپ کو اسپتال میں بھرتی کرا دیتا اور اضافہ کے ساتھ دوایئوں کا بل بنواتا۔لیکن قربان علی نہیں چاہتا تھا بار بار اسپتال کا منھ دیکھنا پڑے۔ بوڑھے کو دل کا عارضہ نہیں تھا بلکہ پھیپھڑہ کمزور تھا جس سے سانس لینے میں اکثر تکلیف ہوتی تھی۔قربان علی نے آکسیجن ماسک خرید کر دیا تھا لیکن ڈاکٹر نے پھیپھڑے کی ورزش بھی بتائی تھی۔اس طرح کی ورزش ایک دستی مشین سے عمل میں آتی تھی جو قربان علی نے فوراً خرید لی۔بوڑھا مشین میں لگی نلکی منھ میں لے کر متواتر الٹی سانسیں لیتا اور پھیپھڑے میں ہوا بھرتا اور خارج کرتا۔پھیپھڑے کی ورزش سے بوڑھے کو راحت ملی اور قربان علی خوش ہوا لیکن بیوی کی آنکھوں میں دھواں سا تیر گیا۔اس نے مشین کی قیمت کا دل ہی دل میں اندازہ لگایا اور سوچنے پر مجبور ہوئی کہ اس کی کلائی گھڑی سے سونی ہے۔ اس دن کھانا دیر سے بنا تو قربان علی نے وجہ پوچھی۔وہ جیسے اس سوال کا انتظار کر رہی تھی۔ٹھنک کر بولی کہ اس کی کلائی پر گھڑی نہیں بندھی ہے کہ وقت دیکھ کر کام کرے۔قربان علی اسے بازار لے گیا۔بیوی نے گولڈن چین والی گھڑی خریدی۔

قربان علی نے اور چیزیں بھی خریدیں۔مثلاً شوگر چیک کرنے کے لیے گلوکومیٹر، بلڈ پریشر دیکھنے کا آلہ، ۔ بلغم نکالنے کا آلہ، اسٹیم لینے کی مشین، اور بیوی ہر بار ٹھنکی۔اسے ہر بار کمی کا احساس ہوا۔کبھی کان کی بالیاں بدرنگ لگیں، کبھی لگا ڈھنگ کے کپڑے نہیں ہیں...لیکن جب قربان علی نے آکسیجن کی مشین اور گیس سلینڈر خریدا تو بیوی بستر پر پٹ ہوگئی۔"کوئی پچاس ہزار کا ہوگا" اور اس کو احساس ہوا کہ اس کے پاس زیور کی کمی ہے۔اسے دبئی والی بھابی یاد آگئی۔وہ جب دبئی سے آتی تو سونے کے بسکٹ ایک بیگ سے نکال کر دوسرے بیگ میں رکھتی اور مرجان علی سگار کے کش لگاتا۔

بیوی دو دن تک پٹ پڑی رہی کہ سر میں درد ہے۔قربان علی نے سمجھا مائیگرین ہوگیا ہے۔اس بیچ کام والی بھی نہیں آئی۔قربان علی نے برتن دھوئے۔ کھانا ہوٹل سے آیا۔لیکن بیوی نے بوڑھے کے لیے پرہیزی گھر میں بنائی۔قربان علی خوش ہوا کہ خیال رکھتی ہے اور بیوی ٹھنکی "چوڑیاں گھس گئی ہیں......"

قربان علی اسے بازار لے گیا۔اس نے جڑاو کنگن خریدے۔

قربان علی نے گھر کو ہی جیسے پنچ ستارہ کلینک بنا دیا تھا۔مریض کی سہولت کی وہ تمام چیزیں گھر میں تھیں جو اسپتال میں دستیاب ہوتی ہیں۔وہ صبح صبح شوگر چیک کرتا اور بلڈ پریشر ناپتا۔ناک اگر نزلے سے بند رہتی تو سر کو ڈھک کر مشین سے بھانپ دیتا۔پھیپھڑے کی دستی مشین سے سانس کی ورزش کراتا۔بوڑھے کو اکثر کھانسی کا دورہ اٹھتا تھا۔کھانستے کھانستے اس کی آنکھیں کٹورے سے ابلنے لگتیں۔وہ بہت سا بلغم اگلتا جسے فرمان علی اپنی ہتھیلی پر روکتا۔ہاتھ دھو کر آتا تو دیر تک پیٹھ سہلاتا اور پاؤں دباتا۔لیکن اب اس نے بلغم نکالنے کی مشین خرید لی تھی۔مشین کی کٹوری منھ میں لگا دیتا اور ربر کی نلکی سے جڑے بلاڈر کو آہستہ آہستہ پمپ کرتا۔بلغم منھ سے نکل کر کٹوری میں جمع ہونے لگتا۔

ایک بار بوڑھے نے پیٹ میں درد بتایا۔درد شدّت کا نہیں تھا۔اور بلّی کی نظر چھیچھڑے پر ہوتی ہے۔عثمان علی باپ کو اسپتال میں بھرتی کرنے کے درپے ہوا۔قربان علی کو لگا معمولی سا درد ہے۔دوا سے ٹھیک ہوسکتا ہے۔ڈاکٹر سے فون پر بات کی۔ڈاکٹر نے فون پر ہی دوا تجویز کی اور کھانے میں پرہیز بتایا۔بوڑھے کو دوا سے افاقہ ہوا اور اسپتال میں بھرتی ہونے کی نوبت نہیں آئی۔ عثمان علی ناراض ہوا اور قربان علی کی بیوی مسکرائی۔

اور وہ مسکراتی تھی اور اسپتال کے منظر نامے کو دوربین سے دیکھتی تھی کہ دھان کوٹے قربان علی اور کوٹھی بھرے عثمان علی۔

لیکن قربان علی کو اس بات کی فکر نہیں تھی کہ کتنا دھان کوٹھی میں گیا اور کتنا اس کے کھاتے میں آیا۔وہ اپنے فعل سے مطلب رکھتا تھا اور باپ کے علاج پر بے دریغ خرچ کرتا تھا۔بوڑھے باپ کو زیادہ سے زیادہ آرام پہنچانا اس کی زندگی کا نصب العین تھا۔اور باپ کبھی سرہانے اُٹھ کر بیٹھنا چاہتا تو پیچھے تکیہ لگا دیتا۔تکیہ لگا کر چلا نہیں جاتا تھا۔دور کھڑا دیکھتا اور خوش ہوتا کہ باپ کو آرام مل رہا ہے۔بوڑھے کو کلین شیو رہنے کی عادت تھی۔قربان علی روز اس کی داڑھی بناتا ناخن کترتا، غسل دیتا۔بھیگے جسم کو تولیئے سے خشک کرتے ہوئے باپ کی آنکھوں میں مسکراتے ہوئے

جھانکتا....اور وہ لمحات مقدّس ترین لمحات ہوتے۔اس وقت کوئی باپ نہیں ہوتا۔ کوئی بیٹا نہیں ہوتا۔دو انسان ہوتے....ان کے درمیان محبت ہوتی.....الوہی بندھن ہوتا....فرمان علی کے چہرے پر ایک سکون سا ہوتا قربان علی کا چہرہ خوشی سے دمک رہا ہوتا..دونوں کی..آنکھیں ان دیکھی چمک سے خیرہ ہوتیں....اور دونوں ہونٹوں پر دھوپ جیسی مسکراہٹ لیئے ایک دوسرے کو نہار رہے ہوتے ....انبساط کی بے کراں لہروں میں ڈوب رہے ہوتے.....ابھر رہے ہوتے.....

دوبئی والی بھابی سال میں ایک بار آتی تھی۔اس بار آئی تو اس سے پہلے کہ سونے کے بسکٹ اس بیگ سے نکال کر اُس بیگ میں رکھتی نند نے جڑاؤ کنگن پہن لیئے اور گلے میں سچّے موتیوں کی مالا بھی ڈالی جوان دنوں لی تھی جب قربان علی نے باپ کے لیئے اسٹیم لینے والی مشین خریدی تھی۔

مرجان علی باپ کے سرہانے پتلون کی جیب میں ہاتھ ڈال کر کھڑا ہوگیا۔ایک نظر ڈالی۔

''نو....نو.....بہت کمزور ہو گئے ہیں.''

قربان علی کو یہ بات اچھی نہیں لگی۔کمزور ہو گئے ہیں تو اور احساس دلاو...؟ بیوی کو بھی برا لگا۔مرجان علی باپ کے لیئے کوٹ بھی لایا تھا قربان علی خوش ہوا لیکن بیوی نے محدّب شیشے سے دیکھا۔کوٹ کا ایک بٹن دوسرے رنگ کا تھا۔اس نے کوٹ الماری میں سینت دیا۔''ہمارے اتنے برے دن بھی نہیں آگئے ہیں کہ بزرگ باپ کو اُترن پہنائیں''۔قربان علی کو بھی برا لگا۔مرجان علی چلا گیا تو اس نے نیا کوٹ خریدا۔

کسی بوڑھے کے پاس بیٹھ جاؤ تو وہ ماضی میں چلا جاتا ہے۔قربان علی سے فرمان علی کی والہانہ باتیں ہوتی تھیں لیکن بزرگ نے کبھی اپنی عمر گذشتہ کی کتاب نہیں کھولی۔وہ مصری صنمیات کے قصّے سناتا اور کبھی بزرگان دین کے۔طوفان نوح کے ذکر میں یہ بات ہمیشہ دہراتا کہ ایک عظیم سیلاب کا تذکرہ ہر قوم میں ملتا ہے۔قربان علی بہت انہماک سے سنتا۔کبھی کبھی سوال بھی کرتا۔وہ ایسے سوال بھی کرتا جس کا جواب اس کو معلوم ہوتا۔اصل میں اس نے محسوس کیا تھا کہ سوال پوچھنے پر باپ کو خوشی ہوتی ہے۔لیکن ادھر کچھ دنوں سے گفتگو کا موضوع بدل گیا تھا۔بوڑھا موت کے قصّے بیان کرنے لگا تھا۔امام غزالی کے بارے میں بتایا کہ ان کو موت کی آگاہی ہوگئی تھی۔پانی منگا کر وضو کیا،نماز پڑھی اور چادر تان کر سو گئے تو پھر نہیں اٹھے،اس نے ایک جسم سے دوسرے جسم میں جان منتقل کرنے کے بارے بھی بتایا کہ کس طرح جوگی اور صوفیائے کرام لمس کے زریعہ کسی بیمار کی رگوں میں جان منتقل کرتے ہیں۔لاہری مہاشئے کی مثال دی کہ وہ جسم لطیف میں چلتے تھے اور پران ٹرانسفر کرتے تھے۔رانی کھیت میں اپنے حاکم کی بیمار بیوی کو اسی طرح صحت یاب کیا تھا۔پھر اس موضوع کی مزید وضاحت کی تھی کہ تم جب کسی کو چھوتے ہو تو لمس ایک رابطہ قائم کرتا ہے۔اس رابطے میں ان دیکھی قوت بھی شامل ہوتی ہے۔جس طرح دو تاروں کو جوڑنے سے ان میں بجلی رواں ہو سکتی ہے اسی طرح لمس کے ذریعے ایک سے دوسرے جسم میں توانائی بحال کی جا سکتی ہے۔یہ اس بات پر منحصر ہے کہ تمہارے جذبات میں شدّت اور روح میں طاقت کتنی ہے۔پھر بوڑھے نے بابر بادشاہ کی مثال پیش کی تھی۔وہ یہ کہ ہمایوں جب بیمار پڑا اور دوا بے کار گئی تو بابر نے بیمار ہمایوں کی چارپائی کا طواف کیا اور دعا مانگی کہ اس کی زندگی ہمایوں کو مل جائے۔ہمایوں اچھا ہونے لگا اور بابر بیمار رہنے لگا۔ادھر ہمایوں مکمّل طور پر صحت یاب ہوا ادھر بابر نے داعیءاجل کو لبیک کہا۔لیکن بوڑھے نے یہ بھی بتایا کہ اس واقعہ کا ذکر کسی تاریخ میں نہیں ملتا۔پھر بھی اس کا مثبت پہلو ہے۔اس کا ذکر ہوتے رہنا چاہیے۔وہ واقعہ جو مثبت اقدار کا حامل ہے وقت کے ساتھ تاریخ میں اپنی جگہ بنا لیتا ہے۔

فرمان علی کو بھی موت کے سپنے آنے لگے۔وہ عجیب وغریب خواب دیکھنے لگا۔ایک بار دیکھا کہ بہت بوڑھا ہو گیا ہے اور ایک قبرستان سے گذر رہا ہے۔اچانک ایک نوجوان سامنے آ گیا۔وہ نوجوان اس کا باپ تھا۔اس نے خواب فرمان علی کو سنایا تو وہ ہنسنے لگا۔اس نے فرائڈ اور یونگ کی بابت بتایا کہ فرائڈ نے خواب کو لاشعور تک پہنچنے کی شاہراہ بتایا ہے اور یونگ نے خواب کے تحیّر آمیز تجزیے کیئے ہیں۔اور تب اس نے بیٹے کے خواب کا تجزیہ کیا کہ اس کے لاشعور میں یہ بات پنپ رہی ہے کہ باپ کو مرنا نہیں چاہیئے،اس لیے اس کو جوان دیکھا اور خود کو بوڑھا۔یعنی اس کے بڑھاپے تک بھی باپ تنومند رہے۔پھر اس نے سرگوشی کی کہ موت سے کس کو رستگاری ہے...؟

اگلے مہینے شہر میں پستک میلہ لگا تو بوڑھا مچل گیا کہ میلہ گھومے گا۔ بیٹے نے گھبراہٹ سی محسوس کی۔اصل میں بوڑھے کی ٹانگیں جواب دے رہی تھیں۔وہ واکر کی مدد سے کسی طرح بستر سے کھانے کی میز تک کی دوری طے کرتا تھا۔پھر بھی قربان علی وقتاً فوقتاً باپ کو تفریح گاہوں اور جلسوں میں لے جایا کرتا کہ معذوری کا کوئی احساس نہ ہو۔میلے میں گرد بہت اڑتی تھی۔پھیپھڑے میں انفکشن کا خطرہ تھا۔۔یہی وہ بات تھی کہ قربان علی کو میلہ جانے میں قدرے تامّل تھا۔لیکن باپ بہ ضد تھا۔آخر اس نے وہیل چیئر نکالی۔بیوی بھی ساتھ ہو لی۔دونوں نے مل کر بوڑھے کو وہیل چیئر پر بٹھایا۔بیوی چیئر چلاتی ہوئی بوڑھے کو کار تک لائی۔کار میں واکر رکھا۔بیگ میں پانی اور جوس پیک رکھا۔قربان علی نے باپ کو گود میں اٹھا کر کار کی اگلی سیٹ پر بٹھایا۔

میلہ پہنچ کر بزرگ خوش ہوا۔وہ اسٹال پر طائرانہ سی نظر ڈالتا تو قربان علی کتاب کا نام پوچھتا لیکن باپ اگلے اسٹال کی طرف اشارہ کرتا....پھر اگلے اسٹال کی طرف.....کئی اسٹال جھانکنے کے بعد بھی بوڑھے نے کوئی کتاب پسند نہیں کی۔قربان علی کو حیرانی تھی کہ آخر تلاش کس چیز کی ہے؟ تب بوڑھے کی آنکھیں چمکیں۔اس نے سرگوشیوں کے انداز میں کہا کہ تم کسی کتاب کو ڈھونڈتے ہو تو کتاب بھی تمہیں اسی شدّت سے ڈھونڈتی ہے اور تمہیں کھینچ کر اپنے پاس لے آتی ہے۔پھر ایک پراسرار مسکراہٹ کے ساتھ گیلری کے آخیر میں کچھ فاصلے پر ایک چھوٹے سے اسٹال کی طرف اشارہ کیا کہ کتاب وہاں بلا رہی ہے۔بہو نے وہیل چیئر کا رخ ادھر موڑ دیا۔اسٹال پر آتے ہی اس نے ادھر ادھر نظر ڈالی اور

اچانک بچّے کی طرح خوش ہوکر بولا۔ ''وہ دیکھو...ابن خلدون کا مقدمہ'' قربان علی کا چہرہ حیرت ومسرّت سے کھل گیا۔ بیوی حیران ہوئی لیکن متاثر نہیں ہوئی۔اس نے سوچا اسٹال پر پبلشر کا نام پڑھ کر اندازہ لگایا ہوگا۔

کتاب خرید کر وہ فوڈ اسٹال پر آئے۔ بیٹے نے برگر لیا، بیوی نے گول گپّے کھائے اور باپ نے جوس پیا جو بہو گھر سے لے کر آئی تھی۔ واپسی میں قربان علی نے اپنے لیئے ڈائری خریدی، بیوی نے اسلامیہ بک ڈپو سے کچھ تغرے خریدے اور ایک نعتیہ سی ڈی لی۔

میلے سے آکر بوڑھے کو کھانسی رہنے لگی۔ ایک دن سینے میں درد ہوا۔قربان علی نے اسے اسپتال میں بھرتی کر دیا۔ڈاکٹر نے پھیپھڑے میں ورم بتا یا۔چار دنوں تک وہ آئی سی یو میں رہا۔قربان علی نے بھی اسپتال میں ڈیرہ جمایا۔ اس کو الگ سے اٹینڈنٹ روم مل گیا تھا۔بیوی گھر سے ٹفن لے کر آتی تھی۔عثمان مزاج پرسی کے لیئے آتا تھا۔کبھی صبح آتا کبھی شام۔ڈاکٹروں سے بات کرتا۔ چارٹ پر دوایئوں کی انٹری چیک کرتا اور چلا جاتا۔لیکن قربان علی دن بھر سرہانے بیٹھا رہتا۔آنکھوں میں تفکّر کے بادل گھر آئے تھے،.... چہرہ سیاہ پڑ گیا تھا بیوی نے قربان علی کو اس سے پہلے اتنا پریشان نہیں دیکھا تھا۔ وہ دلاسہ دیتی کہ اللہ کارساز ہے،سب ٹھیک ہو جائے گا۔

فرمان علی چار دنوں بعد صبح قریب گیارہ بجے اسپتال سے ڈسچارج ہوا۔اس بار بل ایک لاکھ چوالیس ہزار کا بنا تھا۔عثمان علی بہت خوش تھا۔دھان کوٹے قربان علی اور کوٹھی....اور بیوی کی آنکھوں میں جلن ہو رہی تھی ۔اس نے ڈسچارج سمری سے فرمان علی کی آئی ڈی چپکے سے نکال لی۔عثمان علی کو پتہ نہیں چلا کہ بل کے ساتھ آئی ڈی نہیں ہے۔

فرمان علی اسپتال سے گھر آیا تو کمزور ہو گیا تھا۔اس کی ٹانگوں کا درد بڑھ گیا تھا۔واکر سے چلنا بھی مشکل ہو رہا تھا۔اب کھانا بستر پر ہی کھانے لگا۔ باتھ روم تک کسی طرح چلا جاتا لیکن غسل کرنا پسند نہیں کرتا تھا،غسل کے عمل میں جانفشانی تھی۔اس کا داڑھی بنانا بند نہیں ہوا تھا۔قربان علی بھیگے کپڑے سے جسم پونچھ دیتا اور سر پر مالش کر دیتا۔داڑھی بناتا کریم لگاتا بالوں میں کنگھی کرتا اور باپ ہنستی ہوئی آنکھوں سے بیٹے کو دیکھتا۔اس کا جسم کمزور ہو گیا تھا لیکن چہرے پر نور تھا۔وہ کمزور سے کمزور تر ہوتا گیا لیکن قربان علی کو باپ نہ بوڑھا نظر آیا نہ کمزور۔وہ بس خدمت میں لگا تھا اور زیادہ سے زیادہ وقت دے رہا تھا اور بیوی بڑبڑاتی.... جیسے ایک یہی رہ گئے ہیں...اور بیوی کو لگتا بوڑھا باپ مکڑی کا جالہ ہے جس میں بیٹا مکھی کی طرح پھنسا ہوا ہے۔

پھیپھڑے کی ورزش اب رک گئی تھی۔وہ الٹی سانس نہیں لے پاتا تھا۔آکسیجن سلینڈر کا ماسک لگا کر زور زور سے سانس لیتا۔بوڑھا بستر سے لگ گیا۔کپڑے گیلے رہنے لگے۔بیوی بستر بدل دیتی۔کپڑے قربان علی دھوتا۔باپ کو جب ہلکا ہلکا بخار بھی رہنے لگا تو بیٹے کو تشویش ہوئی۔خون جانچ کے بعد ڈاکٹر نے کچھ دوائیوں کے نام لکھے۔لیکن دوائیاں کام نہیں کر رہی تھیں اور بخار تھا کہ اتر نہیں رہا تھا۔فرمان علی کی قوت مدافعت جیسے ختم ہو گئی تھی۔ٹسٹ کی ایک دوا رہ گئی تھی جو کہیں مل نہیں رہی تھی۔ یہ دوا امید کی کرن تھی۔قربان علی کو یقین تھا کہ اس کے استعمال سے بخار اتر جائے گا۔اس نے انٹرنیٹ پر بھی کھوج کی۔آخر گوگل سرچ سے معلوم ہوا کہ دوا کرشنا فارمسی ممبئی میں دستیاب ہے قربان علی نے صبح صبح ممبئی کی فلائٹ پکڑی اور رات تک دوا لے کر آگیا۔

دوا کا کچھ اثر ہوا۔ بخار کم ہو گیا لیکن ایک دم نہیں اترا۔قربان علی کو کچھ راحت ملی۔اس دن عثمان علی بھی پہنچے۔آتے ہی مژدہ سنایا کہ ایک لاکھ چوالیس ہزار کا بل منسوخ ہو گیا۔بل کے ساتھ آئی ڈی نہیں تھی۔قربان علی سے الجھ گیا کہ ڈسچارج سمری کے ساتھ آئی ڈی کیوں نہ چیک کی۔قربان علی کو ہوش کہاں تھا۔وہ تو باپ کے وائرل بخار میں الجھا پڑا تھا۔اچانک باپ کو کھانسی کا دورہ پڑ گیا۔قربان علی دوڑ کر پہنچا۔بلغم حلق میں پھنس گیا تھا۔باپ اتنا کمزور ہو گیا تھا کہ بلغم اگل نہیں پا رہا تھا۔اس کی آنکھیں ابلنے لگیں اور سانسیں اکھڑنے لگیں۔ قربان علی گھبرا گیا۔اس کو لگا باپ کا دم سینے میں گھٹ جائے گا۔اس کے حلق میں اپنا ہاتھ ڈالا اور پھنسے ہوئے بلغم کو صاف کیا۔ایسا متواتر دو تین بار کیا تو باپ کی سانسیں ہموار ہوئیں۔عثمان علی کھڑا دیکھتا رہا۔قربان علی نے ہاتھ دھوئے۔

باپ کا بخار تو اتر گیا لیکن بیٹے پر چڑھ گیا۔شام تک بخار بہت تیز ہو گیا۔ بیوی گھبرا گئی۔اس نے فیملی ڈاکٹر کو فون کیا۔اس نے آکر دیکھا اور دوائیاں لکھ دیں۔کوئی افاقہ نہیں ہوا۔فرمان علی کا بدن جیسے آگ میں جل رہا تھا۔بیوی رات بھر سرہانے بیٹھی رہی۔صبح ڈاکٹر پھر آیا۔خون کی بھی جانچ ہوئی لیکن سمجھ میں نہیں آیا کہ مرض کیا ہے۔ڈاکٹر کو تشویش ہوئی۔قربان علی کوما میں چلا گیا۔

ادھر باپ بھی بستر مرگ پر پڑا تھا۔اس کا پرسان حال کوئی نہیں تھا۔ بیوی کا روتے روتے برا حال تھا۔بوڑھے کے کانوں میں سب کی آواز جا رہی تھی لیکن کوئی اسے کچھ بتا نہیں رہا تھا۔وہ چپ چاپ بستر پر پڑا چھت کو گھور رہا تھا۔رات تک بھی قربان علی کو ہوش نہیں آیا۔بیوی سجدے میں چلی گئی۔

آدھی رات کے قریب کمرے میں کھٹ کھٹ کی آواز گونجی۔بوڑھا واکر گھسیٹتا ہوا قربان علی کے کمرے کی جانب بڑھ رہا تھا۔بیوی ایک طرف کرسی پر گٹھری بنی اونگھتے اونگھتے سو گئی تھی۔باپ کسی طرح بیٹے کے بستر تک پہنچا اور سرہانے بیٹھ گیا۔اس کا چہرہ پرسکون تھا۔اس نے ایک بار دونوں ہاتھ اوپر کی طرف اٹھائے۔دعا مانگی۔بیٹے کے چہرے کا دونوں ہاتھوں سے کٹورا سا بنایا۔ پیشانی چومی۔پھر اس کا ہاتھ اپنے ہاتھ میں لے کر سہلانے لگا۔وہ اس کے سارے جسم پر آہستہ آہستہ ہاتھ پھیر رہا تھا۔اس کی آنکھوں سے آنسو نکل کر بیٹے کے جسم پر ٹپ ٹپ گر رہے تھے۔

صبح بیوی کی آنکھ کھلی تو اس نے دیکھا فرمان علی بیٹے پر لمبا بے جان پڑا تھا اور بیٹا بھیگی آنکھوں سے چھت کو گھور رہا تھا۔

نقلی چہرے

رخسانہ صولت
(اسلام آباد)

جینی آج تمہارے آنکھیں سرخ ہیں۔ بے موسم برسات ہونے لگی ہے کیا......! جمی نے کہنے کو تو کہہ دیا...... مگر پھر سوچنے لگا۔ بس اب شروع ہوگئی......! جنگ......! اور پھر اگر واقعی ایسا ہوگیا تو پھر حالات بس میں نہیں رہیں گے......! جمی کو منانا بھی بہت مشکل کام ہے......! اور اس کو جب تک منا نہ لوں...... تو پھر رات بھر آنکھیں نیند کی راہ تکتی رہیں گی......!

مگر ...... چند لمحے گزرے اور پھر چند منٹ...... اجنبی کی زبان خاموشی کا گوند چکھ چکی تھی......! جیمی نے حیرت سے اس کی آنکھوں میں جھانکا......! ساکت سمندر میں اسے اپنا ہی عکس نظر آیا۔

جان! خیریت تو ہے کچھ بتاؤ......! ٹکراؤ تو نہیں ہوا تمہارا......!

اس کے لہجے میں اضطراب کے سنگریزے چبھے ہوئے تھے۔ جیمی ......! یہ کیسی زندگی ہے......! میں تو تنگ آ چکی ہوں اس لعنت کے طوق کو گلے میں ڈالے ڈالے میں خود ایک لعنت بن گئی ہوں......! تم سے ایک مشورہ کرنا چاہتی ہوں......! کچھ بولو......! درست مشورہ دوں گے......!

خاموشیوں کے سمندر سے طوفان اٹھنے لگا۔ جوار بھاٹے نے حالات کے گرداب میں اس کا وجود اس طرح پھنسا دیا...... کہ وہ ٹوٹی ہوئی کشتی کی طرح لہروں کے مرکز پر ڈولنے لگی۔

جینی! گھبراؤ مت...... میں شاید تمہاری کچھ مدد کرسکوں!

اوہ تم......! طنز کے تیر اس کے ہونٹوں کی کمانی سے نکلے...... اور جیمی کے دل میں پیوست ہوگئے......!

"تم! تم نے غلط سمجھا جینی! میں تم سے نفرت نہیں کرتا......! میں تمہیں کمزور بھی نہیں سمجھتا......! جو تم سے ہمدردی کروں......! میں تمہارا دوست ہوں اور یہ دوستی کا تقاضہ ہے کہ اگر تم کسی مشکل میں ہو تو تمہاری مدد کروں۔ ہاں! جیمی! میں اتنی بچی بھی نہیں......! کہ تمہیں وضاحتوں کی ضرورت درپیش ہو......! دراصل......!

اوہ پلیز......! جینی! اگر تم مجھے غلط سمجھ رہی ہو تو بابا معاف کردو میں......! بھی کتنا بے قوف ہوں......! تمہارا مزاج بھی نہ سمجھ سکا......! اچھا خیر......! چھوڑو......! اصل بات بتاؤ؟

وہ ایسا ہے جیمی اماں اور ابا نے کل مجھ سے اپنی آخری خواہش کا اظہار کردیا ہے۔ تم جانتے ہو ان کی خواہش کیا ہے......!

"نہیں" تو میں بتاتی ہوں......! عادل ہے نا...... اماں کی بیوہ بہن کی نشانی......! اور ابا کے چہیتے بھائی کی اولاد......! مجھ سے شادی کا خواہشمند ہے...... اس کے بعد وہ پھر خاموش ہوگئی۔

"یہ تو بہت اچھی بات ہے......! مگر اس سے تمہاری اماں اور ابا کی آخری خواہش کا کیا تعلق......!؟

اوہو! کوڑھ مغز ہو تم......! اب یہ بھی نہیں سمجھے...... وہ چاہتے ہیں کہ میں ایک ہفتے کے اندر اندر اس سے شادی کرلوں......! اب آیا عقل شریف میں......!

جینی۔ جھنجھلانے کی کیا بات ہے......! مجھے تو ہنسی آ رہی اگر تم اجازت دو۔ تو ذرا کھل کر ہنس لوں......! جیمی نے قہقہ لگاتے ہوئے کہا......! اور جینی غصے میں ناگن کی طرح بپھرنے لگی......!

ہوں......! جیمی ......! تم سب مرد ایک جیسے ہو۔ خودغرض لالچی کمینے......! اوباش......! تنگ نظر...... تنگ دل...... اور جانے...... بس یا کچھ اور بھی......!

جیمی۔ نے مداخلت کی......! محترمہ......! آپ کا اپنے بارے میں کیا خیال ہے......!

اوہ جیمی کے بچے تم میرے زخموں پر نمک چھڑکنے کے لیے تیار بیٹھے ہو......!

مگر جینی ......! عادل کا قصور تو بتاؤ......! ماشاء اللہ ہینڈسم نوجوان ہے۔ تنہا جان...... وہ بھی تمہاری دیوانی...... اور پھر بزنس مین......! لاکھوں میں کھیلتا ہے...... اور سب سے زیادہ تمہارے والدین کی رضا بھی شامل ہے......! نہیں اچھی زندگی گزارنے کے لیے اس سے زیادہ کوئی گولڈن چانس نہیں ملے گا......! میری مانو تو فوراً تیار ہو جاؤ......!

"تم بھی یہی کہتے ہو جیمی......! میں تو سمجھتی ہوں کہ تم میرے دوست ہو میری نیچر کو تم سے زیادہ کون سمجھے گا...... مگر تم جو خود بہت لبرل بنتے ہو...... نیچرل لبرٹی کا پرچار کرتے ہو...... مجھے خود کو آہنی زنجیروں میں مقید ہونے کا درس دے رہے ہو......!

نہیں جینی......! شادی ایک مقدس بندھن کا نام ہے۔ پھر عادل کی پسند اس کی نیچرل لبرٹی ازم کی علامت ہے...... تم یہ کیوں بھول جاتی ہو...... اس کی چاہت آہنی زنجیروں کا پیرہن نہیں......! خلوص کی مدھر لو میں تمہارا عکس اس کی دل کے مندر میں پوجا پاٹ ہے جینی......! سچے جذبے کی توہین مت کرو......! تم گنہ گار ہو جاؤ گی......!۔

اوہ نو...... جینی......! میں ان جذبوں کو منافقتوں کا نام دیتی ہوں اس سے زیادہ مرد کی خودغرضی کیا ہوگی کہ وہ خود جس کو چاہے اس کو پالینا اس کی شان ہے اس کی انا ہے...... مگر یہ کہاں کی شرافت ہے...... یہ کیسی محبت ہے...... کہ جہاں

چاہت نام کی کوئی چیز ہی نہ ہو...... جہاں دلوں کے مندر میں کوئی گھنٹی نہ بجتی ہو......اسے پوجا پاٹ بنالینا......! یہ بھلا ذی ہوش لوگوں کا کام ہے......! غلط بالکل غلط یہ کمزور مردوں کی خودستائیاں ہیں۔ کون کس کا مت......! یہ فلسفہ ہمیشہ سے غلط ثابت ہوا ہے......! تم خود مرد ہو مردوں کی حمایت کرنا چاہتے ہو...... کمزور......! مجھے کسی کی کب پرواہ ہے......!

پھر جّمی! تمہارا مقصد کیا ہے؟ میری تو عقل بھی کام نہیں کرتی! جیمی نے پریشان ہوکر جینی کے انداز کو بدلنے کی کوشش کی۔

اب مسئلہ یہ ہے کہ جیمی کہ اماں اور ابا نے مجھے ایک ایسے دوراہے پر کھڑا کردیا ہے کہ میں خود الجھن میں مبتلا ہوگئی ہوں۔ عادل سے میں نے شادی سے انکار کردیا ہے......! اس کے چاہنے سے کیا ہوتا ہے۔ میں تو اس سے نفرت بھی نہیں کرسکتی......! محبت تو دور کی بات ہے۔ اب یہ صورت پیدا ہوگئی ہے کہ انہوں نے یہ حکم دیا ہے کہ عادل سے نہیں تو جس سے دل مانے فوراً ایک ہفتہ کے اندر اندر شادی کرو......!

ماں کی حالت زیادہ خراب ہے......! اور وہ پھر تم جانتے ہو کہ وہ میرے سہاگ کے پھول کھلنے کی منتظر ہیں کتنی حسرت سینے میں دبائے ہوئے ہیں میں سوچتی ہوں......! کہ میرے دوست تو بہت ہیں مگر میں نے زندگی کے اس پیمانے پر کسی کو نہیں پرکھا......! کون جیون ساتھی بننے کی صلاحیت رکھتا ہے......! بنیادی بات جو سب مردوں میں مشترک ہے وہ ہے حاکمیت کا رجحان......! جبکہ میں مردوں کی اس مناپلی سے سخت الرجک ہوں......! میں تو یہ جانتی ہوں کہ شادی دو مخلص دوستوں کے درمیان ایک ایسا پیمانہ ہوتا ہے جو ایک دوسرے کی نہ صرف جذبات کی قدر کرتا ہے بلکہ زندگی کے ہر قدم پر ہر مرحلے پر ایک دوسرے کو لازم وملزوم بنادیتا ہے......!

اس وقت تو جینی تم بڑی فلسفیانہ باتیں کررہی ہو۔ مگر زندگی کے اصل حقائق کے بارے میں تمہارا نظریہ کافی حد تک غلط ہے"

یہ تم کیسے کہہ سکتے ہو......!؟

میرے سامنے اپنے دوستوں کی زندہ مثالیں موجود ہیں خود تمہاری اپنی مثال موجود ہے جو چاہتوں کے مندر کسی اور دیوتا سے آباد کرتے رہے......! اور جیون کی ڈوری کسی اور سے باندھتے رہے۔ صرف اس لیے کہ وہ تمہارے چہرے کے نقاب سے ہی رشتہ رکھے......! اندر کے اس انسان کو نہ دیکھے جس کا باطن انسانیت کا مجرم ہے سچے جذبوں کا قاتل ہے......!

جینی......جینی......! خدا کے لیے بس کرو......! تمہیں یہ سوچیں کس نے دی ہیں چلو تم ہماری حقیقت سے تو واقف ہوگئیں......تو پھر تمہیں کس بات کا دکھ ہے......تمہارا باطن تو صاف ہے جاؤ سچائیوں کو گلے سے لگالو......!

نہیں یہ بھی غلط ہے سچائی تو وہ نور ہے...... جو باطن کے اندھیروں کو نگل لیتا ہے......! پھر میں کیسے لفظوں کا بیوپار کرنے والوں کو سچا مان لوں۔ اپنی انا بیچ نہیں سکتی......تم جانتے ہو کہ میں نظریہ حاکمیت کے سخت خلاف ہوں...... برابری اور مساوات کا اصول میرے نزدیک زندگی کی ایک واضح حقیقت ہے جو مرد اور عورت کے رشتے کو عزت کو مریم کے سانچے میں ڈھال کر صحیح معنوں میں ایک دوسرے کا شریک بنانے میں ممد ثابت ہوتا ہے......! اور اسی رشتے میں وہ چاہتیں جلوہ گر ہوتی ہیں جنہیں نیچرل لبرٹی کے اصولی بنیاد کہا جاتا ہے"

ویری گڈ! جینی......! اب بولو...... ماں باپ کی آخری خواہش پوری کرنی ہے......!؟

ہاں! مگر مسئلہ تو یہی ہے کہ یہ ہوگا کیسے سب! میں اپنے آپ کو ذہنی طور پر اس تلخ حقیقت کا سامنا کرنے کے لیے تیار کرچکی ہوں مگر کڑا مرحلہ باقی ہے......! وہ کون ہے جو میرا ہم سفر بننے کا اہل ہے...... میری آزادیوں کا لٹیرا نہ ہو...... بلکہ نگہبان بن کر خود بھی میری فکر کی راہیں تلاش کرنے میں میرا ساتھ دے......! اور جب وہ بندھن ہم دونوں کے لیے ایک زنجیر کی شکل اختیار کرنے لگے تو دونوں کو دیانتداری کے ساتھ ایک دوسرے کے ساتھ تعاون کرتے ہوئے اپنے اپنے راستے پر تنہا رواں دواں ہوجانا چاہیے......!

"ہاں" جینی! میری اور تمہاری سوچ زندگی کے اس زاویے کے بارے میں بالکل ایک ہے۔ مگر یہ علیحدہ بات ہے کہ میں نے زندگی کا ایک اہم فیصلہ ایک غلط جذبے سے وابستگی کی بناء پر کیا تھا...... جو ظاہر ہے میرے لیے بہتر نہ تھا اب یہ بتاؤ...... کہ تم اگر سنجیدہ ہو تو فیصلہ ابھی کیے لیتے ہیں...... یا پھر ایک آدھ دن کے بعد......! جیسا تم کہو......!

"جیمی......! واقعی سنجیدہ ہو......! دیکھ لو......! یہ بڑی تلخ حقیقت ہے تمہارے گلے کا طوق نہ بن جائے......!

یہ میرا مسئلہ ہے جینی۔ اگر ایسی صورت ہوئی۔ تو تمہارے فلسفے کی آخری کڑی اس کا حل ہوگا یقیناً تم اتفاق کروگی......! اوہ ہاں......!

میں یہ بھول گئی کہ تم نے میرا مسئلہ حل کردیا ہے......!

اور......پھر......ایک ہفتے کے اندر اندر زندگی کے بارے میں ایک جدید نظریہ رکھنے والی جینی نے جیمی کی صورت میں ایک تلخ حقیقت کو اپنا چکی تھی دن مہینے اور سال گزر گئے۔ سمندر کی سطح پر طوفان آتے رہے جوار بھٹا اٹھتا رہا گرداب بنتے رہے اور پھر سمندر پُرسکون ہوگیا اب پھر ٹھیک دس سال بعد جینی اس ریسٹورنٹ میں بیٹھی تھی سادہ سی مگر خوبصورت اور قیمتی ساڑھی میں ملبوس......! سیاہ گھنے لمبے بالوں میں سفیدی کا شیڈ تھا......! جوانی کچھ سست نظر آرہی تھی مگر چہرے کی سختی اور رگوں کا تناؤ زندگی کے بارے میں اس کے حقیقت پسندانہ نظریئے کی غمازی اسی طرح کررہا تھا...... وہی باوقار انداز اب کے وہ تنہا تھی!

اپنے پسندیدہ ریسٹورنٹ کی اس مخصوص ٹیبل پر جہاں جیمی اس کا پارٹنر ہوتا تھا وہ تنہا بیٹھی کافی پیتی رہی......! اور چند لمحوں کے بعد جیمی اس جگہ پر ایک نوخیز دوشیزہ کے ساتھ آیا ہال میں کوئی میز خالی نہ تھی......اور جینی نے ان کو

اپنی ٹیبل پر بیٹھنے کی آفر کر دی......! جیسی نوخیز دوشیزہ کا تعارف کرا رہا تھا جس سے اس نے طویل رومانس کے بعد تیسری شادی کر لی تھی۔۔

وہ سوچ رہی تھی...... کہ قصور اس کا بھی نہیں......اس کے ماں باپ کا بھی نہیں۔ قصور اس کا اپنا ہے کہ وہ ایک صدی پہلے پیدا ہو گئی تھی۔ یہی اس کا المیہ ہے اس کی سوچیں اس کی زندگی کی راہ میں سب سے بڑی رکاوٹ بن گئی تھیں مصیبت تو یہ ہے کہ کوئی بھی مرد اس کا ہم سفر بننے کے لیے تیار نہیں۔ صرف اس لیے کہ ذہنی لحاظ سے وہ اس سے برتر کیوں ہے......! سوچوں کے ذہن میں کروٹیں لیتے ہی اس کے ہونٹوں پر تلخ مسکراہٹ پھیل گئی اور جینی کے چہرے پر پھیلی بکھری کربناک پیلاہٹ نے زندگی کی تلخ حقیقت کی قلعی کھول دی......واقعی محبت کا اصل نام منافقت ہے اور منافقت اس دور کی سب سے حسین لعنت ہے۔

بھولو

آغا گل

(کوئٹہ)

بہت دنوں سے شوق تھا کہ میرے پاس بھی کوئی پالتو جانور ہو، جو میرے ساتھ ساتھ گھومے پھرے اور میرے ایک ہی اشارے پر میرے دشمن کا قلع قمع کر دے۔ بڑے بھائی احمد کے پاس یہ لمبی سی گردن اور خطرناک چونچ والی بطخیں تھیں۔ جوڑا یوں تو پُر امن ہی رہتا مگر کسی بھی اجنبی کو دیکھ کر اعلانِ جنگ کرتے ہوئے چونچوں کو آگے بڑھا کر ایسا خوفناک منظر پیش کرتیں کہ اجنبی گھبرا کے بھگیل ہونے لگتے۔ چھوٹے بھائی آصف کے پاس ایک جنگجو مرغ تھا۔ عام مرغوں سے کئی گنا بڑا۔ غصّے میں آتا تو اس کی گردن کے پر پھول جاتے۔ قابو سے باہر نکل جاتا سنبھالے نہ سنبھلتا۔ چھتوں پہ کودتا پھرتا۔ مجھے بہت ارمان تھا کہ میرے پاس ایک بکرا ہو۔ میں ایک لیلا لے کر پالوں۔ اسے ٹکریں مارنے کی تربیت دوں۔ میرا اشارہ پاتے ہی دشمن کے چھکّے چھڑا دے۔ ٹکریں مار مار کے بھگا دے۔ جولڑکے مجھ سے لڑنے کو آئیں تو اُن کا بھرکس نکال دے۔ احمد کو بطخیں میر خوشدل خان مرغزانی نے دی تھیں۔ آصف کو مرغ کا تحفہ بھی میر عطا محمد ولہاری نے کچھ ولہاری میں دیا تھا۔ میں چونکہ منجھلا تھا میں اکثر تہی دست ہی رہتا۔ کوئی بڑے بھائی کو تحفہ دیتا تو کوئی چھوٹے کو۔ چھوٹے سے لڑتا تو ڈانٹ پڑتی کہ یہ تو چھوٹا ہے، شفقت کرو، اسکا بازو بنو۔ بڑے سے لڑتا تو بھی ڈپٹ دیا جاتا کہ بڑے کا احترام کرو۔ بڑا بھائی باپ سمان ہوتا ہے۔ ان دنوں ہم ہندو محلّہ میں رہتے تھے۔ ویسے تو بٹوارے پہ ہندوؤں کا قتل عام ہوا تھا۔ اُن کی جائیدادیں چھین لی گئیں، ان کے مکانوں کو نذرِ آتش کیا گیا، بوڑھیوں کو قتل اور جوانوں کو ایمان کی دولت سے سرفراز فرماتے ہوئے بیویاں بنا لیا گیا۔ یہ مجاہدانہ قصے کہانیاں سن سن کر میرا خون بھی جوش مارتا کہ کاش چند برس پہلے پیدا ہوتا تو میں بھی ہندوؤں کے گھروں سے ایک بکرا ہی کھول لاتا۔ بابا کہا کرتے کہ پیسے بچایا کرو۔ جو جیب خرچ ملتا ہے، تہواروں پہ ملتا ہے۔ ان میں سے کچھ بچا بھی لیا کرو۔ چینٹیوں کو دیکھو، گلہریوں پہ نگہہ ڈالو۔ پرندے بھی تو کچھ نہ کچھ بچاتے ہیں۔ ڈاکخانہ ہمارے گھر کے قریب ہی تھا۔ بابا ایک دن ہم تینوں کو ڈاکخانے لے گئے اور تینوں کے Minor اکاؤنٹ بھی کھلوا دیئے۔ پوسٹ ماسٹر بچہ خان نے بھی حوصلہ افزائی کی۔ ان دنوں ڈاک خانے میں بچوں کے لیے کارڈ ملا کرتے۔ جس پر چار آنے سیونگ ٹکٹ لگتے۔ بچے جب چار چار آنے کے چار ٹکٹ لگاتے تو پوسٹ ماسٹر ان پہ کالی مہر لگا کر منسوخ کرتے ہوئے اکاؤنٹ میں ایک روپیہ جمع کر دیتا۔ اگلی بار جو میں کاؤنٹر پہ گیا اور ہانگ لگائی ''پاولی کا ٹکٹ دیو'' تو جواباً بچہ خان بھی گرجا ''کون ہے بھائی سامنے آؤ'' میرا قد چھوٹا تھا، وہ دیکھ نہ پایا، اٹھ کے جھانکا ''اڑے عمو۔ تم ہے؟ اندر آ جاؤ'' یوں رفتہ رفتہ میرے سیونگ بینک اکاؤنٹ میں تین روپے جمع ہو گئے۔ میرا ارادہ تھا کہ منڈی مویشیاں کی بجائے کسی کلی (گاؤں) سے خریدوں گا۔ گاؤں بہت سستے ہوا کرتے تھے، دودھ، انڈے، مرغیاں، بھیڑیں وغیرہ کلیوں (گاؤں) وافر مقدار میں ملتے۔ بلکہ انہیں خود ہی گاہکوں کی تلاش رہتی۔ انڈے وغیرہ تو تحفتہً ہی دے دیا کرتے۔

شام میں ہمارے ہاں خوب منڈلی جمتی۔ اس وقت بابا سرکاری ملازم کو چھٹی دے دیا کرتے۔ مہمانوں کی خوش آمدی (استقبال) کرنا۔ ان کے لیے چائے لانا مجھے اور میرے بھائی احمد کو سونپا جاتا۔ ٹرے کا وزن زیادہ تھا یہ کام احمد کا تھا جبکہ کپ، پانی کے گلاس، ایش ٹرے جھاڑنا میری ذمہ داری تھی۔ بہت سے مہمان شاموں میں آیا کرتے، کرٹک کے داد محمد قاضی مزدوروں کے لیڈر تھے جبکہ عبدالرحمان غَور خود ایک مزدور لکھاری تھے۔ ملک اللہ بخش وزیر دربار قلات میر نصیر خان احمد زئی، وڈیرہ نور محمد ہنگل زئی بھی دوستوں میں شامل تھے۔ نسیم تلوی بھی چلے آتے میر غوث بخش بزنجو کے علاوہ سیوی میلے کے دوران سردار دودا خان سے بھی ملاقات ہو جاتی۔ البتہ نواب خیر بخش مری کا اپنا پروٹوکول تھا۔ میں نے کبھی ہنستے مسکراتے نہ دیکھا۔ بڑا دبدبہ تھا ان کا۔ مہمانوں میں خوب بحث مباحثہ ہوا کرتا۔ ۶۔ اکتوبر ۱۹۵۰ء پر اذان کے وقت شاہی محل قلات پر حملے کی باتیں ہوئیں۔ شہزادہ محی الدین نے مینار پر مورچہ بند ہو کر بے جگری سے مقابلہ کیا۔ ہنگل زئی اور کرد ناموس وطن کے لیے میدان میں کود پڑے۔ وادی جوہان نرمک کے لہڑی اور رندکلوئی سر پر کفن باندھ کے دھرتی ماں کی حفاظت کے لیے نکل پڑے۔ مجھے حیرت ہوئی نہ کسی مرغ، بطخ کی بات کرتے نہ ہی بکروں کا ذکر ہوتا۔ عجیب عجیب سی باتیں کرتے رہتے۔ چائے پیتے سگریٹ پھونکتے وہ بے حد جذباتی ہو جایا کرتے۔ میں ان کے لیے پانی اور چائے لاتا، ایش ٹرے خالی کر کے دوبارہ دریوں پہ رکھتا چلا جاتا۔ اکثر ایک کونے میں دبکا رہتا۔

پھر کسی اسکندر مرزا کی بات کرتے جس کا جد امجد میر جعفر بنگالی تھا۔ جس کا نام ہی غداری اور وطن فروشی کا سمبل تھا۔ جس نے ایرانی سفارت خانے کے افسر کی بیوی ناہید سے شادی رچالی اور بلوچستان کا ایک بڑا حصہ رضا شاہ پہلوی کے ہاتھوں فروخت کر ڈالا تھا براہوی ریاست کا نوحہ پڑھتے ہوئے پھر کسی لیاقت علی خان کی بات کرتے جسے سرعام تقریر کرتے ہوئے شہید کر دیا گیا تھا۔ یوں تو وہ کرنال کا نواب زادہ تھا، مگر شہادت کے وقت اس کی ایک جراب بھی پھٹی ہوئی تھی۔ اس نے سب کچھ لٹا دیا تھا۔ ایک گروہ سبھی کو مارے جا رہا تھا۔

بابا گرجتے برستے ''بلوچستان میں بس شکار ہی کرنے آتے ہیں۔ کبھی غلام محمد چلا آتا ہے تو کبھی خواجہ ناظم الدین جوہان میں آ کر شکار کرتا ہے۔'' آذات جمالدینی نے دانت پیستے ہوئے گرہ لگائی ''جی ہاں! بلوچستان کو ایک شکار گاہ بنا رکھا ہے، مگر محض جانوروں تک رہیں تو بات بنتی ہے یہ تو انسانوں کا شکار

کرتے ہیں۔ سارے ہی بندوقچی آدم خود ہیں۔'' میر عطامحمد ولہاری سے نہ رہا گیا ''خان قلات نے غلام محمد کو اکیس توپوں کی سلامی دی تھی، میں اگر ہوتا تو ایک توپ کا رخ غلام محمد کی طرف کر دیتا۔ ایک ہی گولے میں اس کے چیتھڑے بکھر جاتے۔'' سیٹھ دھنی چند میرے کلاس فیلو بسنت کا باپ دھیرے دھیرے بولتا ''بھولا ناتھ نے غلام محمد کی زبان ہی چھین لی۔ یہ کرم کی خاطر دھرم سے منہ موڑ لیتے ہیں مگر بچ نہیں سکتے۔ جو کرو، سو بھرو۔''

کبھی وہ ریاست قلات کے دوسو ملازمین کی بات کرتے۔ بہ یک جنبش قلم جن کی نوکریاں موقوف کر کے انہیں جیل میں ٹھونس دیا گیا۔ پھر کسی بوجھ بجھکڑ درانداز نے سوچا کہ ان پہ الزام کیا لگے گا؟ ان پر مقدمے کس جرم میں چلائے جائیں گے۔ رات میں جیل کا پھاٹک کھول دیا گیا۔ بندی خانوں کے دروازے بھی وا کر دیے۔ جس قدر محبوس تھے انہیں کہا کہ بھائی بندوق اور توپ سے تم لڑنے کے نہیں۔ وہ تو آسمان سے بھی آگ برسانے کے قابل ہے۔ وہ تو دین و دنیا کا دشمن دجال ہے۔ ہمارا تو خیال تھا کہ ڈھال تلوار لے کر Civvies میں گدھے پہ بیٹھ کر آئے گا۔ دنیا بھر کی قومیں مل کر اس پہ فتح نہ پا سکیں گی۔ تو بھلا مٹھی بھر براہوی کہاں تک لڑیں گے۔ دجال کا نام سن کر اکثریت غم اور بے بسی سے مغلوب جیل سے نکل کر چلے گئے۔ مگر ملک عبدالصمد خواجہ خیل جیسے مضبوط انسان یا ملک عطامحمد دہوار اور دیگر انکاری ہو گئے کہ وہ رات کے اندھیرے میں جیل سے نکلے تو گویا اپنے موقف سے ہی ہٹ گئے۔ لہٰذا وہ ایک یقینی شکست کے باوجود دجال کا مقابلہ کریں گے۔ دجّال نے انہیں ڈھاڈر جیل منتقل کرا دیا اور Lench Law کے تحت مختلف سزائیں بھی سنا دیں۔ حالانکہ ان کا کوئی جرم نہ تھا۔ نہ اخلاقی نہ ہی مالی۔ مجھے ان بزرگوں پہ حیرت ہوئی وہ دورانِ گفتگو غضب ناک ہو جایا کرتے۔ کبھی ملک عبدالحئی کاکڑ اور عبدالصمد خان اچکزئی۔ میر امیر جان محمد شہی کی گرفتاری کی باتیں کرتے۔ کبھی اخبار نکالنے کا سوچتے۔ اخبار چھاپنے، بیچنے اور پڑھنے پہ چونکہ پابندی تھی لہٰذا وہ سوچتے کہ کراچی سے اخبار نکال کر زیر زمین اخبار چلائیں۔ اور دنیا کو مظالم سے زیادتیوں سے قتل و غارت مار دھاڑ سے آگاہ کریں۔ مگر یہ بھی جان جوکھوں کا کام تھا۔ قدم قدم پہ خفیہ پولیس پھیلی ہوئی تھی۔ مجھے ان کے ذوق سے مایوسی ہوتی۔ دنبوں، بکروں، مرغوں، بطخوں سے انہیں دلچسپی نہ تھی۔ بس وہ کہتے کہ دجال تو لڑاؤ اور حکومت کرو کی پالیسی نافذ کر رہا ہے۔

میرے پاس تین روپے جمع ہو چکے تھے۔ میرا سرمایہ آہستہ آہستہ بڑھتا جا رہا تھا۔ میں نے ایک کجا بھی خرید لیا۔ جو تھا تو کچی مٹی کا مگر اس میں ٹکہ، آنہ، دونی محفوظ رہتی۔ اسے چھنکا کے محسوس بھی کیا جا سکتا تھا۔ پھر کجا توڑ کر میں نے دو روپے نکال لیے اور بچہ خان کے پاس اپنے ٹکٹوں والے کھاتے میں جمع کروا دیے۔ بچہ خان نے بتلایا کہ یہ رقم میں خود نہیں نکال سکتا۔ دستخط والد کے ہی کرانا ہوں گے۔ مجھے حیرت ہوئی کہ رقم میری ہے مگر نکالے گا کوئی اور۔ پھر خیال آیا کہ ریاست براہوی ہے حکومت کرتا ہے کوئی اور۔ یہ سوچ کر تسلی ہوئی چلو دنیا کا ایسا ہی دستور ہے۔

میں نے بچہ خان سے دریافت کیا ''دجال میرے پیسے تو نہیں لے جائے گا؟'' بچہ خان چونکا۔ پھر مسکرایا ''کیا مجال ہے دجّال کی میں اسے قدم نہ رکھنے دوں ڈاک خانے میں۔'' اسی رات بڑوں کی جذباتی محفل میں، میں نے ڈرتے ڈرتے کہا ''بابا! بچہ خان کہتا ہے کہ دجّال ڈاک خانے میں نہیں جا سکتا۔ یہ سارے لوگ ڈاک خانے میں کیوں نہیں چلے جاتے۔'' فضا یک دم بدل گئی، سبھی ہنسنے لگے۔ جس سے مجھے حوصلہ ملا، میرا اعتماد بڑھا کہ میں ان سبھی سے زیادہ عقل مند ہوں۔

بابا دور دراز علاقوں میں گھوڑوں پہ جایا کرتے۔ ایک بس سیوی سے چلتی جیکب آباد کے لیے ایک کوئٹہ سے نکلتی۔ بس یہی کُل ٹرانسپورٹ تھی۔ آس پاس کے قصبات، کلیوں میں جانے کے لیے مین روڈ پہ ہی اترنا پڑتا۔ یہاں کرائے کی گھوڑا گاڑیاں، بیل گاڑیاں، اونٹ موجود رہتے۔ کرایہ طے پاتا تو چل نکلتے۔ البتہ جب پٹ میں سیلاب آتا تو راستے بند ہو جایا کرتے۔ سیوی والے دنیا سے کٹ کے ہی رہ جاتے۔ کسی کو کسی کی خبر نہ ہو پاتی طوفان نوح جیسی خاموشی طاری رہتی۔

ایک روز میرے ایک دوست نے جس کے والد کی حلوائی بازار میں اسٹیشنری کی دکان تھی یہ خبر سنائی کہ تحصیل دفتر کے سامنے روز ٹرکوں سے مال مویشی اتارے جاتے ہیں اور کوڑیوں کے مول بیچے جاتے ہیں۔ ان کے والد فرغانہ کے نام پہ ہی دکان کا نام تھا۔ میں نے ان سے پوچھا تو انہوں نے اثبات میں سر ہلا کر تصدیق کی۔ مگر ساتھ ہی یہ بھی حکم دیا کہ ''تم مت خریدنا۔ خبردار! ورنہ خان سے شکایت کروں گا۔'' مجھے بہت تپ چڑھی۔ بابا تو لنڈ سے، ڈینگرہ، ڈمبولی سے ہوتے ہوئے بیل پٹ اور جھٹ پٹ جانب نکل چکے تھے۔ ایک طویل سرکاری دورہ تھا۔ اگلے ہی روز میں اسکول سے چمپت ہو گیا اور گلے میں بستہ ڈالے ہاتھ میں تختی لیے تحصیل کے دفتر جا نکلا۔ سامنے ہی ایک شامیانہ تھا جس میں سرکاری اہلکار اور نائب تحصیل دار در محمد جعفر براجماں تھے، ان کے سامنے ہی میز پہ بہت سی فائلیں اور رجسٹر دھرے تھے۔ میرے بابا کے وہ دوست تھے، میں نے قریب جا کر سلام کیا۔ انہوں نے جواب دیا ''تم کہاں چلے آئے؟ تمہارا کیا کام ہے عمو۔'' ان کا بیٹا حفیظ جسے پیار سے چھوڈ پکارا جاتا میرا اہم جماعت تھا۔ جس کے باعث وہ زیادہ دلجوئی کرتے۔

''میں نے بھی بکرے کا بچہ خریدنا ہے۔''

وہ بے حد مصروف تھے۔ انہوں نے ایک لیویز اہلکار کو اشارے سے پاس بلایا۔ ''یہ انسپکٹر کبر خان کا بیٹا ہے۔ اسے ایک بکرے کا بچہ دو۔'' میں خوشی خوشی چل دیا۔ اونٹ، بھیڑ، بکریاں، دنبے غرضیکہ ریوڑ کے ریوڑ تھے یوں لگتا تھا جیسے کہ مویشیوں کا عید میلہ ہو۔ اس نے مجھے ایک بچہ ڈھونڈ دیا ''یہ لو! کیا یاد کرو گے۔'' میں

نے پوچھا ''یہ کتنے کا ہے؟'' اہلکار بھی جلدی میں تھا ''بس دو روپے دے دو'' رقم میرے پاس نہیں تھی ''میں لے آؤں۔ اسے اور کسی کو نہ دینا۔'' اتنا سستا بچہ؟ میں نے سپنوں میں بھی نہ سوچا تھا۔ اہلکار نے تسلی دلائی ''مگر ایک گھنٹے تک آ جانا اور ہاں ایک رسی بھی ساتھ لانا۔'' اس نے ہانک لگائی ''دیر مت لگانا'' میں دوڑتا ہوا ڈاک خانے پہنچا۔ بچہ خان کو ادب سے سلام اور دو روپے طلب کیے۔ بچہ خان کو حیرت ہوئی ''خان کدھر ہے؟''

میں نے بتلایا کہ کچھی کے دورے پر ہیں۔ بچہ خان نے دو روپے دیئے اور ایک فارم پر نشان بھی لگا دیئے کہ بابا جب آئے اس پر دستخط کرا کے لا دینا۔ دو روپے جیب میں ڈال کر میں بھاگا بھاگا تحصیل دفتر پہنچا۔ اچانک یاد آیا کہ رسی تو لایا ہی نہیں۔ وقت کم تھا کہ عجب کوئی اور خرید لے جاتا۔ میں نے بچہ خان سے جا کر رسی مانگی۔ وہ حیران ہوا ڈاک خانہ اور رسی۔ پھر اس کے اشارے پر ملازم نے ڈاک کے تھیلے باندھنے والی ایک رسّی مجھے لا دی۔ میں تقریباً دوڑتا ہوا تحصیل دفتر پہنچا۔ بہت سے جانور لوگ ہانک لے جا چکے تھے۔ میں نے اہلکار کو دو روپے تھمائے تو اس نے میری رسّی سے بچے کی گردن میں گرہ لگا کر ایک محفوظ پھندا لگا دیا۔ میں کشاں کشاں اسے گھر لے آیا۔

میری ماں کو تعجب ہوا کہ مرغی کی قیمت مدغو ہے (لیلا) بھلا کیسے ملا ہے۔ سبھی اس کے گرد جمع ہو گئے، وہ کچھ سہما ہوا سا تھا، گھبرایا گھبرایا سا پریشان سا۔ جیسے کسی ظالم ماسٹر کے قابو آیا ہو۔ ہم نے کھانے پینے کو دیا تو اس کا خوف دور ہو گیا۔ اور ہم سے کھیلنے لگا۔ اب اس کے نام کی فکر ہوئی مجھے شوق تھا کہ میری خاطر لوگوں کو ٹکریں مارے۔ طاقتور ہو۔ میں نے اس کا نام بھولو پہلوان رکھ دیا۔ کثرت استعمال سے پہلوان تو جاتا رہا۔ سبھی اسے بھولو پکارنے لگے۔ رفتہ رفتہ وہ ہمارے کنبے کا حصہ ہی بن گیا۔ کھا پی کے زیادہ ہی چست و چالاک ہو گیا۔ تحصیل کے سامنے میدان میں سرکاری ٹرک مال مویشی لاتے رہے۔ سپاہی انہیں اتار کر اپنی راہ لیتے اور چند روز بعد ہی دوبارہ دریائے بیجی کے ساتھ ساتھ دھول اڑاتے Nari Gorge سے برآمد ہوتے۔ لیکن میرا بھولو آ چکا تھا پھر میں نے آنکھ اٹھا کے بھی نہ دیکھا۔ ایک روز میں نے حفیظ سے دریافت کیا کہ اس کے بابا اس قدر مال مویشی کوڑیوں کے مول فروخت کر رہے ہیں وہ اپنے لیے کوئی دنبہ بکرا کیوں نہیں خرید لیتا۔ ان کا تو گھر بھی خاصہ بڑا ہے۔ ''میرے بابا کہتے ہیں کہ انہیں خریدنا گناہ ہے۔'' اس نے ترت جواب دیا۔ مجھے سخت حیرت ہوئی ''گناہ ہے تو بیچ کیوں رہے ہیں؟'' حفیظ کے پاس جواب تیار تھا ''میرے چچا نے بھی پوچھا تھا، کہنے لگے کہ یہ سرکاری مجبوری ہے، ورنہ نوکری سے جاؤں گا۔ کیا عجیب قید ہی کر لیں۔'' مجھے عجیب سا احساس ہوا۔ مگر میں نے گھر میں کسی سے ذکر نہ کیا کہ کہیں بھولو کی محبت ہی کم نہ ہو جائے اور اسے نکالنے کا سوچا جائے، بھولو دن بھر کھیلتا رہتا۔ سکول میں بھی بے چینی سی رہتی کہ جلدی گھر پہنچوں۔ پھر بہت دنوں بعد بابا لوٹ آئے۔ سبھی کھل اُٹھے، بھولو کا تعارف کرایا وہ بھی خوش ہوئے مگر تاکید کی کہ بھولو کی خاطر تعلیم کی جانب توجہ کم نہ کروں۔ یہ خوشی پائیدار نہ رہی۔ اگلے ہی روز انہوں نے ماتھے پہ ہاتھ مارا اور مجھ سے مخاطب ہوئے

''شامت اعمال ماصورت نادر گرفت

اندریں در میرتم ملک خدارا جابر گرفت''

''تم یہ بھولو جا کر مریوں کو واپس دے آؤ۔ ان کی معاشی تباہی کے لیے سپاہی اسلحے کے زور پر ان کے مال مویشی چھینتے جا رہے ہیں۔ یہ گناہ تم نہیں کرو گے۔'' یہ نادر شاہی حکم تھا۔ میرے بھائی بھی سہم گئے۔ ملازم دادو نے جھٹ تانگہ منگوایا اور بھولو کو لے کر چلتا بنا۔ میں نے حسرت سے بھولو کو آخری بار دیکھا اور دانت بھینچ لیے۔

گھر اچانک سائیں سائیں کرنے لگا۔ ریلوے اسٹیشن سے دخانی انجنوں کی اداسیاں سیٹیاں سنائی دیتیں۔ سیوی بھائیں بھائیں کرنے لگا۔ زندگی اچانک ہی ویران اور بے معنی ہو کر رہ گئی۔ لالٹین کی ٹمٹماتی روشنی میں مجھے بھولو کے منمنانے کی آواز آئی جیسے وہ کسی مری کے گیدان کے باہر مجھے تلاش کرتا ہو۔ میں اگلی صبح بے دلی سے اسکول گیا۔ سہ پہر میں بابا نے بلوا کر تسلی دی کہ مجھے بلبل یا طوطا دلوا دیں گے۔

☆

''کھارے سوڈے کی بوتل''

سیما پیروز (لاہور)

اس چھوٹے سے شہر کی چھوٹی سی کالونی میں مسٹر اینڈ مسز قاسم کی آمد اس طرح اثر انداز ہوئی جیسے کھارے سوڈے کی بوتل میں کسی نے نمک کی چٹکی ڈال دی ہو۔ عورتوں نے مسز قاسم کو دیکھا تو حسد سے جل کر کباب ہوگئیں۔ اور مردوں کی آنکھیں پھٹی کی پھٹی رہ گئیں۔ جیسے ہی شام میں وہ اپنے چھوٹے بچے کو پرام میں ڈال کر واک کے لیے نکلتی۔ کالونی کے سارے ہی مردوں کو کوئی نہ کوئی کام یاد آ جاتا۔ کسی کو مارکیٹ جانا ہوتا کسی کو واک کا خیال آ جاتا یا سومنگ کی یاد ستاتی۔ جوان پاس سے گزرتے ہوئے سیٹی میں کوئی رومانٹک گانا گاتے اور ادھیڑ عمر کسمساتے ہوئے چور نظروں سے دیکھتے ہوئے گزرتے۔ وہ نہ جانے کس مٹی کی بنی تھی کسی کی سیٹی، کسی کے فقرے اور دبی آہوں کو توجہ کے لائق نہ گردانتی اور کسی کی طرف آنکھ اٹھا کر بھی نہ دیکھتی۔ نہ وہ شرماتی نہ لجاتی بلکہ اس کی طبیعت میں عجیب سی بے نیازی تھی۔

انگریزوں کی بنائی ہوئی کھاد فیکٹری کی اس کالونی میں اپنی ہی دنیا آباد تھی۔ باقی شہر سے الگ تھلگ چار دیواری کے اندر جنگل میں منگل کے مصداق تھی۔ بمشکل پچاس ساٹھ گھر تھے جن میں پندرہ بیس کنوارے رہتے تھے باقی فیملیز تھیں۔ کالونی کے اندر ہی چھوٹی سی مارکیٹ (جس میں ضرورت کی ہر چیز ملتی تھی) ڈسپنسری، جوگنگ ٹریک، کلب اور سومنگ پول تھا۔ اس لیے ہر کسی سے دن میں کئی بار ملاقات ہو جاتی۔ ورنہ شام میں تو کلب میں ضرور ملاقات ہو جاتی تھی۔ رفتہ رفتہ سب لوگ نئے جوڑے کے عادی ہو گئے اور وہ میاں بیوی بھی سب سے گھل مل گئے تھے۔

میری شادی کو تقریباً چودہ سال ہو گئے ہیں۔ ہمارا کوئی بچہ نہیں ہے۔ کافی ڈاکٹروں کو دکھا چکے ہیں۔ میڈیکلی ہم دونوں ٹھیک ہیں۔ بقول ڈاکٹروں کے جب اللہ کو منظور ہوگا تو وہ ہمیں اولاد سے نواز دے گا۔ ہم نے اولاد کی کمی کو روگ نہیں بنایا۔ ہم دونوں میاں بیوی اپنی زندگی سے خوش اور مطمئن ہیں لیکن نہ جانے انسان کیوں سیدھے راستے پر چلتے چلتے بھٹک جاتا ہے۔ اور بلاوجہ اوبڑ کھوبڑ راستوں پر چلنے لگتا ہے۔

مسز قاسم کی آمد سے اور تو شاید کسی کی زندگی میں کوئی تبدیلی نہ آئی ہو البتہ میری تو اچھی بھلی زندگی تہہ و بالا ہو گئی۔ میں کوئی رنگین اور آوارہ مزاج آدمی نہیں ہوں کہ پرائی عورتیں تاڑتا پھروں۔ یا میں نے اس سے پہلے کوئی حسین عورت نہیں دیکھی۔ مانا کہ وہ انتہائی سمارٹ اور حد درجہ حسین عورت ہے لیکن جو اثرات مجھ پر مرتب ہوئے وہ ہرگز لائق تحسین نہیں ہیں۔

اللہ جانے مجھ پر اس کا اس قدر رعب کیوں تھا۔ رعب حسن تھا یا میرے دل کا چور تھا۔ اس کی آواز سن کر میری نگاہیں جھک جاتیں۔ دل عجیب انداز سے دھڑکنے لگ جاتا۔ میرے اوپر منوں بوجھ آ پڑتا۔ اس کے روبرو جانے سے میری جان جاتی۔ وہ میری بیوی سے مسکرا مسکرا کر باتیں کر رہی ہوتی تو میرا دل چاہتا کہ دور کسی کونے میں کھڑے ہو جاؤں اور اس کو دیکھتا رہوں۔

میں جتنا اس سے گریزاں تھا میری بدقسمتی پنج پنج کر اس کے راستے میں ڈالتی تھی۔ میل جول بڑھا تو وہ میری بیوی کی دور پار کی کزن نکل آئی۔ میری بیوی کی نانی اور اس کی دادی دونوں سگی بہنیں تھیں۔ بس پھر کیا تھا میری بیوی کا زیادہ وقت اُن کے ہاں گزرنے لگا۔ ویسے بھی گھر میں کون سا خاص کام ہوتا تھا۔ بچوں کے ساتھ مصروفیت ہوتی ہے ان کے چار بچے تھے دو بیٹیاں اور دو بیٹے۔ چھوٹا بیٹا چندو بمشکل ایک سال کا تھا بہت ہی پیارا بچہ تھا۔ خوامخواہ اس پر پیار آتا۔ میری بیوی کو تو جیسے کھلونا مل گیا۔ آدھا وقت چندو ہمارے گھر ہوتا اور آدھا وقت میری بیوی ان کے ہاں ہوتی۔ ان کے گھر جاتے ہوئے میری بیوی مجھے بھی گھسیٹتی میں اکثر ٹال جاتا کئی بار قاسم مجھے زبردستی لے جاتا۔

''تم گھر میں اکیلے کیا کرو گے۔۔۔؟ چلو گیتی نے آج پائے پکائے ہیں۔ شاہد اور اس کی بیوی بھی آئے ہیں؟ ناچار مجھے جانا پڑتا۔

وہ دونوں میاں بیوی بہت ملنسار اور محبت والے تھے۔ لیکن ہمارے ساتھ زیادہ اپنائیت رکھتے تھے۔ ایک تو میری بیوی کا رشتہ دار ہونا دوسرے شاید انہیں احساس تھا کہ بچوں کے بغیر ہماری زندگی سونی ہے۔

میں ان کے ہاں جاتا تو ایک لفظ نہ بول پاتا۔

قاسم میرا مذاق اڑاتا۔۔۔ ''یار سیفی۔۔۔ کیا بات ہے؟ بولنے پہ کوئی ٹیکس لگتا ہے جو تم اتنا کم بولتے ہو۔''

''کم بولنے والے اور یہ۔۔۔'' میری بیوی طنزیہ ہنستی۔ ''میرے ساتھ لڑتے ہوئے ان کی زبان چلتی دیکھا کریں۔ نہ جانے آپ کے گھر آ کر اتنے مہذب کیوں بنے رہتے ہیں۔''

''شاید سالی کے رعب میں آ جاتے ہیں'' قاسم نے فقرہ چست کیا۔

''کون سالی۔۔۔؟'' میں نے احمقوں کی طرح سوال کیا۔

''بھئی میں۔۔۔ آپ کی بیوی کی کزن ہوں تو آپ کی سالی ہوئی نا۔'' گیتی نے وضاحت کی۔

میں لاکھ کوشش کرتا کہ پہلے کی طرح گپ شپ لگاؤں۔ میں ایک نارمل انسان تھا۔ ہنسی مذاق کرتا تھا۔ لطیفے بازی، باتیں، قہقہے۔ اب نہ جانے کیا ہو گیا تھا۔ سب ہی میری اس تبدیلی کو محسوس کر رہے تھے۔ ان کا خیال تھا کہ شاید اولاد نہ ہونے کا غم مجھے ستا رہا ہے۔ شکر ہے بھرم قائم تھا ورنہ کسی کو کیا بتاتا۔ یہ میرا خود کا ہی پاگل پن تھا۔ کاش یہ لوگ نہ آئے ہوتے ہم اپنی زندگی میں کتنے خوش تھے۔ بیچاری میری بیوی کو پتہ چلے تو نہ جانے اس کا کیا حال ہو۔

کلب میں جشن بہاراں تھا۔ خواتین کے اپنے پروگرام تھے۔ ڈانس، لڈیاں، ٹیبلو اور فینسی ڈریس شو وغیرہ۔ مردوں کا داخلہ ممنوع تھا۔ میرا گھر کلب کے بالکل ساتھ تھا۔ میں اپنے کمرے میں بستر پر لیٹا ہوا تھا۔ اچانک ایک خوشبو کا جھونکا

آیا وہ اور میری بیوی باتیں کرتی ہمارے بیڈروم میں چلی آئیں۔ مجھے دیکھ کر وہ جھجک کر دروازے میں رک گئی۔ میں نے جلدی سے آنکھیں بند کرلیں۔ ''آجاؤ یہ تو سو رہے ہیں'' میری بیوی نے اسے کمرے میں بلالیا۔

''اسی غسل خانے میں آجاؤ۔''

''ارے نہیں سیفی بھائی ڈسٹرب ہونگے۔ دوسرے کمرے میں چلتے ہیں۔'' وہ سرگوشی میں بولی۔

''یاراس میں پانی نہیں آرہا۔۔۔ آجاؤ۔۔۔ ان کی نیند بڑی پکی ہے۔''

''اتنی گرمی ہے کہ کوئی حد نہیں۔۔۔ اوپر سے ناچ ناچ کر حشر ہوگیا ہے۔'' اس نے مجھے سوتا جان کر دوپٹہ اتار کر صوفے پر رکھ دیا۔ وہ دونوں غسل خانے میں گھس گئیں۔ وہ بیسن کے پاس کھڑی ہوکر جلدی جلدی منہ پر پانی کے چھینٹے مار رہی تھی۔ میں کروٹ کے بل لیٹا ہوا تھا۔ بازو میں نے آنکھ پر رکھے ہوئے تھے۔ آنکھ کی جھری سے میں نے اسے دیکھا۔ شیفون کے ہلکے گلابی لباس میں وہ گلاب کی ادھ کھلی کلی لگ رہی تھی۔ پھر اس نے پائنچے اوپر کیے اور کھڑے کھڑے لوٹے سے پانی کی دھار پاؤں پر ڈالی۔ نہ جانے کیوں میرا دل چاہا کہ ان دودھیا بلوریں پاؤں سے لپٹ جاؤں۔

مجھے بہت دن ہوگئے تھے ان کے گھر گئے ہوئے۔ تقریباً روزانہ ہی کہیں نہ کہیں ملاقات ہو جاتی اور میں رات بھر کروٹیں بدلتا گزار دیتا۔ میرے دکھ کا کوئی مداوا نہیں تھا۔ کبھی دل چاہتا نوکری چھوڑ دوں اور واپس لاہور چلا جاؤں پھر سوچتا نوکریاں ملنی ویسے ہی مشکل ہوگئی ہیں اتنی اچھی نوکری چھوڑ کر کھائیں گے کہاں سے۔ کبھی سوچتا یہ لوگ یہاں آئے ہی کیوں۔

میری بیوی میرے دل پر لگے گھاؤ سے بے خبر۔ میرے لیے پریشان رہتی تھی۔ وہ سمجھتی تھی کہ میں بیمار ہوں۔ لاہور گئے تو زبردستی سارے ٹیسٹ کرائے سب کچھ ٹھیک تھا۔ میں اسے اپنا روگ کیا بتاتا بیچاری معصوم عورت۔ جو میری دشمن جان تھی وہ اس کی گوڑھی سہیلی تھی۔ میری بیوی دن رات ان کی تعریفوں میں رطب اللسان رہتی۔ گیتی کی خوبصورتی، گیتی کا سگھڑاپا، گیتی کی یہ بات گیتی کی وہ بات۔ قاسم بھائی کی شان میں ڈھیروں قصیدے اور سب سے بڑھ کر بچوں میں تو اس کی جان تھی خاص طور پر چندو۔

ان کے گھر جاتے تو دونوں میاں بیوی کھانا کھلائے بغیر ہلنے نہیں دیتے تھے۔ میری کوشش ہوتی کہ کھانے سے پہلے نکل جائیں گیتی زبردستی بٹھا لیتی۔

''نہیں بھئی کھانا کھائے بغیر آپ نہیں جاسکتے۔ میز لگی ہوئی ہے۔''

میں گیتی کی شفقت، توجہ اور التفات کو عجیب عجیب معنی پہناتا۔ جیسے کھانے کی میز پر میری پلیٹ میں کچھ نہ کچھ ڈالتی جاتی میرے انکار کے باوجود وہ اصرار کرتی ''یہ مچھلی کا پیس لیں۔ میں نے خود فرائی کی ہے'' جیسے ماں اپنے بچے کی پلیٹ میں ڈالتی ہے یا کوئی محبوبہ اپنے محبوب کو کھلا کر خوش ہوتی ہے۔ جیسے ہی یہ احساس میرے دل میں جاگتا تو میں احساس ندامت سے زمین میں گڑ جاتا۔ اور دل ہی دل میں لاحول پڑھنے لگتا۔ جب وہ اپنے خاوند کی طرف پیار سے دیکھتی تو میرے دل پر سانپ لوٹ جاتا۔ دل کرتا وہ مجھے پیار سے دیکھے۔ عجیب دیوانی سوچیں تھیں میری۔ بلکہ شرمناک تھیں۔ ایک دو بار تو میں کھانا ادھورا چھوڑ کر طبیعت کی خرابی کا بہانہ بنا کر چلا آیا۔

ایک روز میری بیوی مجھ سے جھگڑ پڑی۔

''آخر آپ قاسم بھائی کے ہاں جانے سے اتنے گریزاں کیوں ہیں؟''

''تمہیں الہام ہوا ہے۔''

اُن دونوں نے گلہ کیا ہے خاص طور پر قاسم بھائی نے کہا ہے ''سیفی کو ہمارے ہاں آنا پسند نہیں ہے۔ ہم تو تمہیں اپنی بہن اور سیفی کو بھائی سمجھتے ہیں۔ ہمارے بچے خاص طور پر چندو تم لوگوں سے کتنا مانوس ہے۔ سارا دن (خالہ) آلہ آلہ کی رٹ لگائے رکھتا ہے۔ وہ دونوں بہت آزردہ تھے۔'' میری بیوی تقریباً رو ہی پڑی۔

''تم اور وہ دونوں ہی پاگل ہو۔ ان کے ہاں جانا کیوں ناپسند ہوگا۔ اتنے اچھے اور پرخلوص لوگ ہیں وہ۔''

''تو پھر ان کے ہاں جا کر عجیب وغریب حرکتوں کی وجہ؟ وہاں جاتے ہی آپ کو سانپ سونگھ جاتا ہے''۔ ''یار میں ان کی باتوں کے جواب تو دیتا ہوں۔''

''خاک! جی اور ہاں کے علاوہ ایک لفظ نہیں بولتے اور پھر جو کھانا ہی چھوڑ کر چل دیتے ہیں۔''

''ایک دو بار ہی ایسا ہوا ہے۔ مجھے متلی ہو رہی تھی۔ کیا اچھا لگتا کھانے کے بیچ میں کوئی ڈرامہ کرتا۔'' میں چڑ کر بولا۔ ''اور کیا کرتا ہوں ان کے ہاں جا کر۔''

''اچانک بیٹھے بیٹھے اٹھ کر کبھی دیواروں پر ٹنگی ہوئی تصویریں دیکھنے لگتے ہیں۔ کبھی پردے ہاتھ میں لے کر ان کا جائزہ لینے لگتے ہیں۔ آپ پہلے تو ایسے نہیں تھے۔ آپ کے دل پر کیا بوجھ ہے مجھے بتائیں۔ ہم دونوں اچھے دوست بھی تو ہیں۔''

''یار کوئی بوجھ نہیں۔''

''میری آنکھوں میں دیکھ کر کہیں۔''

''آنکھوں میں دیکھنے سے کیا ہوگا؟''

''میں جانتی ہوں۔ آپ جھوٹ بول رہے ہیں۔ بچہ نہ ہونے سے پریشان رہتے ہیں۔'' میں خاموش رہا۔

اس نے میرے گھٹنوں پر سر رکھ کر رونا شروع کر دیا۔

''پاگل ہوگئی ہو۔ نہیں بابا! مجھے نہ بچہ ہونے کا کوئی غم نہیں۔ وہم کا علاج تو حکیم لقمان کے پاس بھی نہیں تھا۔ (میرے درد کا علاج بھی کسی کے پاس نہیں) چلو آؤ قاسم بھائی کے گھر چلیں'' میں نے اپنے آپ کو بشاش ظاہر کیا۔ میں اسے کیا بتاتا۔۔۔؟ کیسے بتاتا۔۔۔؟ اللہ نہ کرے میری وجہ سے اتنے

پیارے اور شفیق لوگوں کی زندگی میں زہر گھلے۔

روز ہی دعا مانگتا۔۔۔ یہ لوگ چلے جائیں یہاں سے۔۔۔ ورنہ میرا پاگل پن جانے کیا گل کھلائے۔ ابھی تو میرے دل کے گھاؤ کی کسی کو خبر نہیں ہے۔

اللہ کا کرم یہ ہوا کہ اچانک ہی قاسم کی پروموشن ہو گئی اور وہ کراچی ہیڈ آفس جا رہا تھا۔ یہ سن کر پہلے تو میرے دل پر کٹاری سی لگی کہ وہ عورت جو گذشتہ ڈیڑھ سال سے میرے رت جگوں کی مالک تھی میرے خوابوں خیالوں کا محور تھی چلی جائے گی۔ لیکن ساتھ ہی میں نے سکھ کا سانس بھی لیا کہ ہم سب کتنی بڑی انہونی اور پریشانی سے بچ گئے تھے۔ میری بیوی کا رورو کر بُرا حال تھا وہ لوگ بھی اداس تھے۔

وہ دونوں اتنے ہر دلعزیز تھے کہ کلب میں ہر روز اُن کے لیے الوداعی پارٹیاں ہو رہی تھیں۔ ہم نے بھی انہیں الوداعی پارٹی دی۔ اس روز وہ شفق رنگ ساڑھی جوہی کے پھولوں سے سجے جوڑے اور کانوں میں مونگے کے آویزاں کے ساتھ کوئی اپسرا لگ رہی تھی۔ میں تو اسے نظر بھر کر دیکھ ہی نہیں رہا تھا۔ مبادا وہ خود یا کوئی میرے دل کا چور پکڑ لے۔ الوداعی کلمات میں گیتی نے سب کے شکریے کے علاوہ ایک ایسی بات کہی جس پر میں جھینپ گیا اور باقی سب کھلکھلا کر ہنس پڑے۔

''ہمارے جانے سے اور سب تو اداس ہوں گے لیکن سیفی بھائی شکرانے کے نفل پڑھیں گے۔ کیونکہ ہم نے ان کی بیگم کو یرغمال بنایا ہوا ہے۔ (حسین ساحرہ کاش تم جان سکتیں تم نے یرغمال کسی اور کو بنایا ہوا ہے) ان کے جانے کے دن قریب آ رہے تھے۔ سوچ سوچ کر میرا دل ڈوبتا رہتا۔ عجیب پاگل سوچیں مجھے گھیرے رکھتیں۔ نیند جیسے مجھ سے روٹھ گئی تھی۔ مدھو کی وجہ سے دم سادھے پڑا رہتا۔ موسمی اثرات تھے یا پھر اندر لگی آگ سے ہی بخار نے مجھے آن گھیرا۔ دفتر سے چھٹی لے کر بستر میں ہی پڑا ہوا تھا۔ سر درد سے پھٹ رہا تھا۔ مجھ میں ڈاکٹر کے پاس جانے کی بھی ہمت نہیں تھی۔ مدھو نے ڈاکٹر کو فون کیا تھا تو انہوں نے دو گھنٹے بعد آنے کا کہا۔ وہ پریشان ہو کر خود ہی ڈاکٹر کو لینے چل پڑی۔ حالانکہ میں نے منع کیا تھا کہ ''معمولی بخار ہے۔ پیناڈول لے لیتا ہوں۔ بخار اتر جائے گا'' پر وہ مانی ہی نہیں۔

مدھو کے جانے کے بعد میں نے جی بھر کے اپنے آپ کو ملامت کی۔

''مجھ سے کتنا پیار کرتی ہے۔۔۔ میں بھی تو کرتا ہوں۔۔۔ پر یہ۔۔۔ اب جو کچھ میرے دل و دماغ کی حالت ہے۔ اگر اسے معلوم پڑ جائے تو شاید صدمے سے جان دے دے۔ میں کتنا بُرا ہوں۔ پر میں کیا کروں۔۔۔؟ اگر گیتی اور قاسم جان لیں تو انہیں کتنا دکھ ہو گا۔ مجھے کتنا گھٹیا اور پرلے درجے کا نظر باز سمجھیں گے۔ میں کسی کو بھی نہیں سمجھا پاؤں گا۔'' یا اللہ میرے دل سے گیتی کا خیال نکال دے''

سر کے درد میں مزید اضافہ ہو گیا تھا۔ میں نے سر پر تکیہ رکھ لیا اور آنکھیں بند کر لیں۔ برآمدے سے آواز آئی ''مدھو کدھر ہو بھئی۔۔۔ صبح سے تم نے چکر ہی نہیں لگایا۔ وہ تمہارا لاڈلا چندو۔۔۔ رو رہا ہے۔ مجھے پیکنگ نہیں کرنے دے رہا۔۔۔''

وہ آوازیں دیتی میری موجودگی سے بے خبر کمرے میں چلی آئی۔

''ارے آپ ہیں۔۔۔ خیریت۔۔۔ آفس نہیں گئے۔۔۔ مدھو کدھر ہے۔۔۔؟''

''ڈاکٹر کے پاس گئی ہے۔۔۔''

''کیا ہوا مدھو کو۔۔۔؟ بیمار ہے وہ۔۔۔''

''نہیں۔۔۔ مجھے بخار ہے۔۔۔''

''اوہو۔۔۔ بخار کب سے ہے۔۔۔'' اس کے لہجے میں تشویش تھی۔

''غالباً رات ہی ہوا ہے۔۔۔'' میں مری سی آواز میں بولا۔

''بلڈ ٹیسٹ کروا لیں۔۔۔ آج کل ٹائیفائیڈ بہت پھیلا ہوا ہے۔''

''اچھا میں چلتی ہوں۔۔۔ وہ آئے تو اسے بتا دیں۔۔۔''

میرے سارے وجود پر ایک انجانا سا اضطراب چھا گیا۔ گرمی کی ایک لہر سی دوڑ گئی۔ اور دل ڈوبنے لگا۔ آنکھوں کے آگے ترمرے ناچنے لگے۔

''سیفی بھائی۔۔۔ سیفی بھائی۔۔۔ کیا ہوا؟ آپ کی طبیعت زیادہ خراب ہے۔۔۔''

میرے منہ سے یہ ہی نکل سکا ''پانی۔۔۔ پانی۔۔۔''

''میں پانی لاتی ہوں۔۔۔'' وہ پانی کا گلاس لے آئی۔

''یہ لیں سیفی بھائی پانی۔'' میرا دل چاہا کہ گلاس کی بجائے اس کا ہاتھ پکڑ لوں اور دھاڑیں مار مار کر رو پڑوں۔

''میں قاسم کو فون کرتی ہوں'' گیتی پریشانی سے بولی۔

''نہیں۔۔۔ پلیز قاسم کو پریشان مت کریں۔ میں اب ٹھیک ہوں۔ مدھو بھی ڈاکٹر کو لے کر آتی ہو گی۔'' میں چاہ رہا تھا میرے ضبط کے بندھ ٹوٹنے سے پہلے وہ چلی جائے۔

تھوڑی دیر بعد مدھو بھی آ گئی۔ ''ڈاکٹر نے دوائی دے دی ہے۔ وہ کہہ رہے تھے فکر کی کوئی بات نہیں۔ آج کل وائرس پھیلا ہوا ہے اور انہوں نے بلڈ ٹیسٹ کا کہا ہے۔ کلینک پر تو جیسے آدھی کالونی کے بچے بڑے بخار سے آئے ہوئے تھے۔ ڈاکٹر صاحب کلینک سے فارغ ہو کر گھر جاتے ہوئے آپ کو چیک کرتے جائیں گے۔''

''چلیں اٹھیں۔۔۔ یہ لیں دوائی کھا لیں'' میری حالت غیر دیکھ کر وہ پریشان ہو گئی۔

''سیفی۔۔۔ آپ کو کیا ہو گیا ہے؟ وہ میرے سینے سے لگ کر پھوٹ پھوٹ کر رونے لگی۔ میں اسے تسلی دینا چاہتا تھا مگر الفاظ میرے ہونٹوں تک آ کر رہ گئے اور میرا دل بھی بھر آیا۔ اور ہم دونوں ایک دوسرے کے ساتھ لگ کر دیر تک روتے رہے۔ روتے رہے۔ پڑوس میں کوئی پرسوز لے میں بانسری بجا رہا تھا۔ باہر لان میں کسی پیڑ پر پپیہا درد بھری آواز میں پی کہاں۔۔۔ پی کہاں۔۔۔ کا راگ الاپ رہا تھا۔

بستر کی سلوٹیں

فرخندہ شمیم
(راولپنڈی)

اس کی آنکھ کھلی تو کمرے میں کوئی نہیں تھا۔ بشاشت میں گندھی انگڑائی لے کر جونہی وہ اٹھی، سامنے قد آدم آئینہ تھا۔ شب خوابی کے لباس سے لپٹے بٹن سرکش تھے۔ وہ بے حد شرما گئی جلدی سے بٹن سمیٹے اور اپنے بستر کی جانب نگاہ کی۔ چادر کی شکنیں ابھی تک سو رہی تھیں۔ رات جب وہ بستر پر لیٹی تھی تو بے شکن تھی چادر...... اتنا تو اُسے یاد تھا۔ پھر شاید چاند پورے کا پورے کمرے کی کھڑکی سے اندر چلا آیا تھا...... ستاروں کو ساتھ نہیں لایا تھا۔ ستارے بھی تو دخل در نا معقولات کے عادی ہوتے ہیں۔ چاند کے ساتھ البتہ سبک خرام ہوا ضرور اندر آئی تھی، زلفیں لہرانے، گال تھپتھپانے اور گدگدیاں کرنے کے لئے اُسے ساتھ آنا ہی تھا۔ گذشتہ رات گہری ہونے سے پہلے اس نے اپنے گھر والوں کے ساتھ شادی کی ایک تقریب میں شہنائی کی آواز بھی سنی تھی اور دلہن کے ساتھ تصویریں بھی بنوائی تھیں۔ فرق صرف یہ تھا کہ دلہن تازہ موسم میں کھلنے والا ترانہ تھی اور وہ جاتی بہار کے پیچھے نوحہ کرتی ہوئی آواز...... برسوں سے کسی ہنر مند مالی کا انتظار تھا جو زمین ہموار کر لے تا کہ گلستان کی شکل بنے لیکن باغبان کو شاید کسی طویل اگان نے پکڑ لیا تھا۔ وہ شرمیلی تھی خود سے کوئی مالی نہ ڈھونڈ سکی تھی۔

لیکن مجھے یہ سب کچھ بتانے کا حق نہیں ہونا چاہیے۔ مجھے صرف وہ کہنا ہے جو قد آدم آئینے کے سامنے بیٹھی عورت اپنی بیتی رات کے بارے میں کہنا چاہتی ہے۔ اب سب کچھ مختلف تھا۔ وہ تازہ دم تھی۔ صبح سویرے ناشتے سے پہلے اپنے کمرے میں یوگا کرتی تھی۔ دالان میں بھی کر سکتی تھی لیکن اب بھابی اُسے کنکھیوں سے دیکھنے لگی تھیں۔ ایک بار انہوں نے کہا تھا۔ ”یوگا جاتی جوانی کو کب واپس لایا ہے“۔ تب وہ بھابی کی کم علمی پر ہنس پڑی تھی۔ بے علم عورتیں سمجھتی ہیں یوگا شادی کے لئے فٹ ہونے کا نام ہے۔ لیکن یہ چار سال پرانی بات ہے۔ اب تو وہ بھابی کی طنزیہ نظروں کا مقابلہ کرنے سے قاصر تھی۔ پچھلے چار سالوں کی خوفناک تنہائیوں نے اُسے بے حد پژمردہ کر دیا تھا۔ اس میں دفاع کی صلاحیت اسی طرح ختم ہو گئی تھی جس طرح ہائیڈرو بم کے سامنے انسان بے بس ہو جاتا ہے۔ مگر یہ بھی سچ ہے کہ بارود کھانے کے باوجود زندگی کی خواہش فوت نہیں ہوتی۔ وہ بھی ابھی مری نہیں تھی...... کچھ سال کومہ میں رہ کر لوٹ آئی تھی۔ البتہ گھر کے لوگوں کو اس کے لوٹ آنے سے کوئی فرق نہیں پڑا تھا۔ ماں ہوتی تو شاید جشن صحت مناتی یا نذر بانٹتی...... لیکن اب وہ اپنی نظر خود ہی اتارنے کا فیصلہ کر چکی تھی۔ جس میں آئینہ اس کا مددگار تھا۔

خود کا خیال رکھتے رکھتے وہ خوبصورت ہو چلی تھی...... آفس کے لوگ اُسے مڑ کر دوبارہ دیکھنے لگے تھے۔ جدید طرز کے تراشیدہ بال اس کے رخسار چومتے تو لگتا نہیں تھا کہ وہ پچاس کے پیٹے میں ہے۔ البتہ وہ خود چالیس سے آگے جان بوجھ کر گنتی بھول جاتی تھی۔

لوگوں کو اس کی زندگی معمہ لگتی لیکن وہ سوچتی وہ تو اتنی سی پہیلی بھی نہیں ہے کہ لوگ اُسے بوجھتے۔ آخر اس نے سب کچھ چھوڑ دیا اور بستر میں رہنے لگی۔ چادر روز بدلتی تھی اور تکیے کے ٹوٹے بدن کو صبح صبح پہلے جوڑتی اور پھر ناشتہ کر کے تازہ دم دفتر جاتی تھی۔ اس کے ہونٹوں سے نکھرتی کھلکھلاہٹ لوگوں کو نجانے کیا کیا پیغام دیتی لیکن وہ تو ایک چپ چاپ کھڑا پوسٹ بکس تھی جس میں خط محفوظ رہتے ہیں۔

ہر روز سرِ شام ہی وہ اس کے کمرے میں اس کا انتظار کرتا تھا۔

کبھی سنگھار میز پر گلاب رکھ دیتا تو کبھی کھلی کتاب میں پروں والا پین، دفتر سے آ کر وہ جب سنگھار میز کے سامنے دن بھر کے قیدی بال آزاد کرتی تو وہ جھٹ سے اس کے بالوں کا اسیر ہو جاتا۔ کپڑے بدلنے کی باری آتی تو وہ جلدی سے اپنی آنکھیں بند کر لیتا، ہر وقت ساتھ رہنے والے اس نے کبھی اُسے غسل کرتے نہیں دیکھا تھا کیوں کہ اس کے باتھ روم جاتے ہی وہ دروازہ کھٹاک سے بند کر دیتا تھا۔ وہ صحیح معنوں میں خوبصورت مرد تھا اور وجاہت کے قطرے جگہ جگہ نہیں پھینکتا تھا۔

بھابی کبھی کبھار کسی کھوج میں اس کا کمرہ چھاننے آتی تھیں۔ یہ جانتے ہوئے بھی کہ اس کمرے میں کوئی بھی دوسرا ذی نفس نہیں ہے۔ انہیں بڑی مایوسی ہوتی جب وہ اس کے کمرے کو کسی خانقاہ کی طرح پاکیزہ پاتیں ...... نہ تصویریں، نہ ہیجانی فلمیں، نہ مسرت آگیں اعضاء اور نہ کمرے کی مکین کا جنونی تنفس جسے دفتر جاتے ہوئے وہ کمرے میں چھوڑ جائے...... بستر کی چادر تک بے سلوٹ ...... جیسے اُسے کسی اہم پاکیزگی کے ساتھ چھوا گیا ہو۔ بھابی منہ بسورتی لوٹ جاتیں۔ اصل میں تو یہ سب ہنگامے تو رات بھیگنے پر بپا ہوتے تھے دروازہ بند ہوتے ہی بال الجھ جاتے تھے، کپڑے ترتیب کھو دیتے تھے۔ سنگھار میز تتر بتر ہو جاتا تھا، سائڈ ٹیبل پر رکھا دودھ سرد پڑ جاتا، پھل کتر لئے جاتے اور پانی کا جگ خالی ہو جاتا لیکن پچھلی رات تو غضب ہی ہو گیا...... گھر والوں کے ساتھ شادی کے گھر سے رات گئے کیا لوٹی، اس کا اپنا ہنی مون چاند پر پہنچ گیا...... جھلملاتا لباس بدلنے کی نوبت بھی نہیں آئی، سینڈل پاؤں میں ہی جکڑے رہ گئے بالوں کی پر منگ نہ کھل سکی، سنگھار چہرے پر چسپاں رہ گیا، ہونٹ کٹنے لگے بستر کی چادر فرطِ نشاط کی تاب نہ لاتے ہوئے تار تار ہو گئی...... وہ دیر تک بے سدھ رہی۔ بے انتہا حسین لگا اُسے اپنا آپ...... بال سمیٹتی اور گنگناتی جب وہ بالکنی میں آئی تو دوسری بالکنی میں وہی نو بیاہتا جوڑا اپنی پہلی صبح ایک دوسرے سے پیٹھ کیے کھڑا تھا۔ بے زاری گندے پرنالے کی طرح چہروں سے بہہ رہی تھی۔ وہ دھیرے سے مسکرائی، اچھا ہوا مجھے سچ مچ کا دولہا نہیں ملا۔

بُو

سید نصرت بخاری
(راولپنڈی)

آناً فاناً یہ خبر ہر گھر کی دہلیز پار کر گئی کہ دارے کی بیوی گھر چھوڑ کر چلی گئی۔ دارے کی بیوی نے گھر اس لیے چھوڑا تھا کہ دارا اپنا مردانہ پن کہیں پچھلے جنم میں چھوڑ آیا تھا۔ شادی کے چار چھے مہینے خواہشات راہ دیکھتی رہیں لیکن جب دارے کے قدم آگے نہ بڑھے تو دلھن نے خود ہی پیش قدمی کی لیکن ہاتھ کچھ نہ آیا۔ علاج بھی آزمایا گیا لیکن کوئی دوا سوکھی شاخ پر بہار نہ لا سکی۔

"اس سے زیادہ میں کچھ نہیں کر سکتا؛ اور میرا مشورہ یہ ہے کہ اس کیس پر اور پیسا برباد نہ کریں۔ ہم ڈاکٹروں کا کیا ہے، فیس لے کر دوائیں لکھتے جائیں گے لیکن سچ بات یہی ہے کہ جو دوائیاں میں تجویز کر چکا ہوں، اس سے بہتر دوائیں ابھی بازار میں نہیں"۔ ایک نیک دل ڈاکٹر نے اپنی حد تک سچی اور کھری بات کہہ کر ان کا مزید خرچ بچا لیا۔

جب دلھن کو یقین ہو گیا کہ دارے کی مردانگی کی واپسی ممکن نہیں تو اُس نے پہلے دبے لفظوں اور بعد میں واضح طور پر اپنی ماں سے کہہ دیا کہ طلاق کا مطالبہ کیا جائے۔ چنانچہ اس کے والدین کو اس کا ہم نوا بننا پڑا۔

"بہن! ہم نے تو بڑے پیار سے رشتہ دیا تھا لیکن اللہ کو جو منظور۔ آپ سے بس اتنی التجا ہے کہ جس محبت سے ہم نے رشتہ جوڑا تھا؛ اسی طرح ہماری بیٹی کو آزاد کر دیں"۔

"بہن! آپ ٹھیک کہتی ہیں لیکن اگر کچھ اور وقت دے دیں۔ علاج جاری ہے۔ اللہ سے نا امید نہیں ہونا چاہیے"۔

"آپ سے کوئی گلہ نہیں؛ ہمیں پتا ہے کہ آپ نے علاج معالجے میں کوئی کوتاہی نہیں کی؛ لیکن نتیجہ آپ کے سامنے ہے۔ اگر دارے کی تن درستی کا امکان ہوتا تو ہم اپنی بیٹی کا گھر کیوں اجاڑتے"۔

جب دارے کے والدین نے ٹال مٹول سے کام لیا تو دلھن کے والدین نے خاندان کے بڑوں سے رجوع کیا۔ یہیں سے راز کا سینہ چاک ہوا اور بات گھر سے باہر نکل کر گلی کوچوں میں پھیل گئی کہ دارے کے پاس مردانگی کی سند نہیں۔ بس پھر کیا تھا لوگوں نے تسلی، دلاسا دینے کی بجائے چھیڑ خانی شروع کر دی۔ ان کے ذو معنی جملے دارے کے دماغ میں پیوست ہو جاتے۔ وہ جوں ہی گھر سے باہر قدم رکھتا، کوئی نہ کوئی طعنہ اس کا منتظر ہوتا:

"ارے بھیا خالی پستول لیے پھرتے ہو۔ میگزین کہیں رکھ کے بھول گئے ہو۔ لیکن فکر نہ کرو ہم ہیں نا؛ یاروں کے یار؛ جب بھی ضرورت پڑی ہمارا پستول لے جانا؛ ہر وقت لوڈ رہتا ہے"۔ ایک پڑوسی نے دارے کو چھیڑا

"ارے نہیں دوستو۔ اس شریف آدمی پر الزام نہ لگاؤ۔ اس نے تو سردی کا توڑ کرنے کے لیے شادی کی تھی"۔ دوسرے نے ہمدردی جتائی

"ہم بھی کہیں کہ یہ تین تین مہینے نہاتا کیوں نہیں"۔ ایک اور واقف کار نے نشتر چبھویا

"اوئے نہائیں اس کے دشمن۔ جون جولائی میں اس کو نمونیا ہو گیا تو"۔

لوگوں کے لفظ مسلسل دارے کا سینہ چھلنی کرتے رہے۔ ان کے قہقہے دور تک اس کا تعاقب کرتے۔ کچھ دن تو وہ ایسے بے ہودہ لوگوں سے لڑائی جھگڑا کرتا رہا؛ لیکن جب دیکھا کہ اس کا اُلٹا اثر ہوتا ہے تو تنگ آ کر گاؤں سے نکل آیا؛ گاؤں کی محبت اسے دور تک چھوڑنے آئی۔ وہ مسلسل چلے جا رہا تھا۔ اس کی کوئی منزل نہ تھی۔ اس کا صرف ایک مقصد تھا کہ وہ ان لوگوں سے اتنی دور چلا جائے کہ زندگی میں کبھی سامنا نہ ہو۔ کچھ دن اِدھرُ ادھر مارا مارا پھرتا رہا؛ آخر کار ایک بس اسے شہر میں لے آئی۔ مزدور آدمی تھا، مزدوری کرنا اس کے لیے مشکل نہ تھا لیکن اجنبیت نے مزدوری کا حصول مشکل بنا دیا۔ ایک دن اس سستے ہوٹل میں جہاں روز کھانا کھاتا تھا، اپنے اردگرد ماضی، حال اور مستقبل بچھائے سوچ میں گم تھا کہ ہوٹل کا مالک اسے پریشان دیکھ کر اس کے پاس آ بیٹھا:

"کہو بھئی! کیوں پریشان ہو"۔ اس نے اس سے ہمدردانہ لہجے میں پوچھا

"نہیں نہیں، کوئی خاص بات نہیں"۔

"کہاں سے آئے ہو اور یہاں کیا کرتے ہو۔ میں چند دن سے تمھیں یہاں دیکھ رہا ہوں۔ اس شہر میں اجنبی معلوم ہوتے ہو"۔

"مزدوری کے لیے یہاں آیا تھا لیکن مزدوری ملتی ہی نہیں"۔

"تم میرے پاس ہوٹل میں کام کرو۔ مجھے ایک محنتی اور ایمان دار آدمی کی ضرورت ہے"۔

دارا اس ہوٹل میں ملازمت کرنے لگا۔ مالک کا رویہ اس کے ساتھ ہمدردانہ اور مشفقانہ تھا۔ اس نے محسوس کیا تین مہینے ہو گئے دارے کا گھر جانے کا مطالبہ بیدار نہیں ہوا جب کہ باقی ملازمین کی چھٹی کی آرزو ہفتے بعد چہرے پر سجی رہتی ہے۔ ایک دن اس نے دارے کو بلا کر پوچھا:

"میاں! سب لوگ مہینے ڈیڑھ مہینے بعد گھر جاتے ہیں لیکن تم نہ کبھی گھر گئے نہ چھٹی کا تقاضا کیا۔ تمھارا گھر بار، بیوی بچے نہیں ہیں یا روپے پیسے کا مسئلہ ہے"؟

"بیوی تو ہے لیکن بچے نہیں ہیں۔ پیسوں کا بھی کوئی مسئلہ نہیں"۔

"بیوی کے ہوتے ہوئے یہاں پڑے رہتے ہو، اس کی یاد کبھی نہیں آئی"۔

دارا مالک کے سوالات سے گھبرا کر وہاں سے کھسک آیا کہ مبادا اس کو اس بات کا پتا چل جائے جس کی وجہ سے اس نے اپنا علاقہ چھوڑا تھا۔ لیکن یہ راز

بھی زیادہ عرصہ دارے کا پردہ نہ رکھ سکا۔ہوا یہ کہ دارے کے گاؤں کے ایک آدمی نے اسے اس ہوٹل پر کام کرتے دیکھ لیا۔اوراس نے اس کے گھر والوں کو بتا دیا۔وہ اس کو ڈھونڈ رہے تھے۔وہ فوراً یہاں پہنچے اور دارے کو واپس چلنے کو کہا۔

"میں نہیں جاؤں گا"۔

"ارے بے وقوف! گاؤں میں اس طرح کا تو کوئی پہلا آدمی ہے۔اور باقی لوگوں نے کیا گھر بار چھوڑ دیا ہے۔یہ لوگ چار دن کہانیاں بنائیں گے، پھر خاموش ہو جائیں گے"۔

"تُو لوگوں کی بات پر دھیان ہی نہ دے۔تو گالیاں دیتا ہے تو وہ تجھے اور چھیڑتے ہیں۔دفع کر جانے دے اور گھر چل"۔

لیکن دارا جانے پر آمادہ نہ ہوا۔ہوٹل کے مالک کو پہلے ہی شبہ تھا کہ کوئی وجہ ضرور ہے جس کی وجہ سے دارا گھر نہیں جارہا۔اب بات کھلی تو اس نے بھی دارے کو گھر جانے کا مشورہ دیا۔

"جا میرا شیر۔دو چار دن بعد آ جانا"۔

زہر کھالوں گا لیکن گاؤں نہیں جاؤں گا"۔دارے کا فیصلہ اٹل تھا۔

دارا ہوٹل پر کام کرتا رہا لیکن جب ہوٹل کے مالک نے ہوٹل بیچنے کی بات کی تو پریشانی نے دارے کے چہرے پر قبضہ جمالیا۔

"میری مان تو اب واپس چلا جا۔تیرے ساتھ اچھا وقت گزرا ہے۔غلط مشورہ نہیں دوں گا"۔

"واپس تو اب میری لاش جائے گی"۔

"ساری دنیا میری طرح نہیں ہے۔کہیں کوئی ایسا پھنسا دے گا کہ ساری زندگی پچھتاتے رہو گے"۔

جب دارا کسی طرح واپس جانے پر راضی نہ ہوا تو ہوٹل کا مالک جس گوالے سے دودھ لیتا تھا، دارے کو اس کے حوالے کر دیا۔اس نے گوالے کو دارے کے متعلق سب کچھ بتا دیا۔اسے بھی ایسے ہی بے ضرر انسان کی ضرورت تھی، کیوں کہ بھینسوں کا کاروبار اسے دور دراز کی منڈیوں میں لے جاتا تھا، جہاں سے فوراً واپسی ناممکن ہوتی تھی؛ کئی کئی ہفتے منڈیوں کی نذر ہو جاتے۔

گوالے کے پاس دو تین اعلیٰ نسل کے بھینسے بھی تھے اس لیے اس کے باڑے میں معقول معاوضے پر نسل کشی کے لیے بھینسوں کی آمدورفت رہتی تھی۔دارے کو یہی کام دیا گیا۔۔اس ملازمت کے دوران میں اسے ایک تجربہ یہ بھی ہوا کہ جس بھینس سے ایک مخصوص قسم کی بو آتی ہو، وہ بھینسے کو خوش دلی سے قبول کرتی ہے، اوراس کی بو بھینسے کا اضطراب بڑھا دیتی ہے۔ایک دن ایسی ہی ایک بھینس لائی گئی۔بھینسے کی بے تابی اور بھینس کی آمادگی کی وجہ سے دارے کے اندر ایک تبدیلی نے سر اُٹھایا۔اسے یوں لگا جیسے بھینسے کا جوش آہستہ آہستہ اس میں سرایت کر رہا ہے۔پہلی بار اس کی آنکھوں نے اس منظر میں دل چسپی لی۔اسی دوران میں پہلی بار خزاں رسیدہ شاخ نے پُر بہار ہونے کا اعلان کیا۔یہ اس کے لیے نیا تجربہ تھا۔جسم کے اس حصے میں اس سے پہلے کبھی ایسا لذت آمیز ہیجان پیدا نہیں ہوا تھا۔اس سے پہلے تو وہ بے زاری سے یہ فرض انجام دے رہا تھا۔لیکن اب تو اسے اس کام میں مزا آنے لگا۔اس کی انکھیں اس منظر کی منتظر رہنے لگیں۔پہلے اسے ایک ندامت اور خوف عورت کی طرف دیکھنے سے منع کرتے تھے لیکن اب اسے عورت کی کشش مضطرب کرنے لگی تھی۔عورت اسے اس بے چین بھینس کی طرح نظر آنے لگی جس کی تیز چلتی ہوئی سانس بھینسے کے اندر بجلی بھر دیتی تھی۔اس وقت بھی دارے کے ارد گرد یہی خیالات تصویر بنے بیٹھے تھے کہ گوالے کی آواز مخل ہوگئی:

"ارے بھئی دارے کہاں ہو"

"یہاں ہوں جی۔بھینسوں کے لیے چارہ کاٹ رہا ہوں"

"میں کل منڈی جا رہا ہوں۔تم یہاں کا خیال رکھنا"

"کیا کوئی بھینس خریدنی ہے""؟

'ارادہ تو نہیں ہے؛ لیکن کوئی جانور پسند آ گیا تو خرید لوں گا۔اپنی پارٹی جا رہی ہے نا۔ان کا ساتھ دینا پڑتا ہے۔تم یہاں کا خیال رکھنا۔ہو سکتا ہے مجھے دو تین دن لگ جائیں۔تم یہ پیسے رکھ لو اور ضرورت ہو تو بھابھی سے لے لینا"۔

گوالہ دو تین دن کا کہہ کر گیا تھا لیکن آج اسے گئے بیسواں روز تھا، لیکن پریشانی کی کوئی بات نہیں تھی؛ اگرچہ کاروباری مصروفیت اسے اگلے علاقے کی منڈیوں میں لے گئی تھی لیکن موبائل پر بات ہو جاتی تھی۔اس وقت بھی دارا اُسی سے بات کر رہا تھا کہ گوالے کی بیوی آ گئی۔

"لیجیے؛ ادھر آپ نے بھابھی کو یاد کیا ادھر وہ آ گئیں۔ان سے بات کرلیں" دارے نے اس کی بیوی کو موبائل دیتے ہوئے کہا۔

گوالے کی بیوی حسب معمول دارے کے لیے کھانا لائی تھی۔دارا کھانا کھانے لگا اور وہ دونوں میاں بیوی آپس میں باتیں کرنے لگے۔خدا جانے گوالے کی کس بات پر بیوی نے قہقہہ لگایا اور اس کے ساتھ ہی دارے کو اس کے بدن سے اچانک پھوٹنے والی بُو نے گھیر لیا جو آمادہ بھینس کے بدن سے پھوٹتی تھی۔دارے نے اس بو کی گرفت سے نکلنے کی بہت کوشش کی لیکن اس کے اندر بھینسے کا اضطراب سرایت کر چکا تھا۔

جب جسم جاگتے ہیں

محمد طارق علی
(راولپنڈی)

خالد کے گھر کے ساتھ والے پلاٹ پر مکان کیا بنا، وہ ذہنی اور دلی طور پر بے سکون ہو کر رہ گیا۔اس سے پہلے بہت چین سے جی رہا تھا۔ ہر کام، ہر چیز اپنے موڈ اور اور مرضی کے مطابق، سونا، جاگنا اپنی خوشی کا اور وہ بھی دن رات کے مختلف اوقات میں۔ جب جی چاہا ٹی وی کھول کر کوئی اچھا سا پروگرام دیکھ لیا یا مطالعے کی خواہش ہوئی اور وہ اکثر ہوتی ہی رہتی تھی تو کوئی پسند کی کتاب یا رسالہ کھول کر بیٹھ گیا۔رات کے تنہا لمحوں میں وہ اپنا ایک خاص کام شروع کر دیتا یعنی قلم و قرطاس لے کر بیٹھ جاتا۔ یہ خاص کام اُس کا من پسند بھی تھا اور پیشہ ورانہ بھی کہ اسی سے اس کی روزی روٹی چل رہی تھی۔ وہ صبح دس گیارہ بجے ایک روزنامے کے دفتر چلا جاتا تھا۔ تنخواہ کم تھی لیکن دلی اطمینان زیادہ تھا۔ ہفتہ واری چھٹی کے دوران کبھی کوئی دفتری ساتھی یا کوئی ادبی دوست آ نکلتا تو اس کے ساتھ چائے کی پیالی پر گپ شپ رہتی۔ بس یوں ہی شب و روز گذر رہے تھے۔ جورو نہ جاتا، فکر نہ فاقہ اور اللہ میاں سے ناتہ۔

لیکن ایک دن گھر کے ساتھ والا خالی پلاٹ جو کہ خالد کا اپنا تھا، اُسے فروخت کرنا پڑ گیا۔ اُس نے پلاٹ سے حاصل شدہ رقم گاؤں میں اپنے گھر والوں کے حوالے کر دی۔ ایسا کرنا بہت ضروری تھا اس لیے کہ بہن کی شادی سر پر آ گئی تھی۔ سو، یہ فرض بہ خوبی نبھ گیا اور اُس کے کاندھوں سے بھاری بوجھ اُتر گیا۔

پلاٹ کا نیا مالک، راشد، خالد کا واقف تھا۔ وہ سرکاری ملازم تھا۔ اس نے دو ہفتے کے اندر اندر ہاؤس بلڈنگ والے دفتر سے قرض لے کر فٹافٹ مکان بنانا شروع کر دیا اور تین ماہ کے قلیل عرصے میں خالد کے گھر کے ساتھ ایک سنگل مکان بن کر کھڑا ہو گیا۔ رنگ و روغن کے بعد راشد اپنا ہلکا پھلکا سامان لے کر اس میں شفٹ ہو گیا۔ مزید چند ہفتے گذرے تو ایک دن اس مکان میں چراغاں ہوا، ڈھولک بجے، گیت گائے گئے اور راشد ایک سجی سجائی کار میں اپنی دلہن لے آیا۔

یہاں تک تو خیریت ہی خیریت تھی۔ خالد خوش تھا کہ اس کے گھر کے بالکل ساتھ ایک نیا مکان بنا اور جلد ہی آباد بھی ہو گیا۔ خالد کے گنے چنے عزیز گاؤں سے کبھی کبھی اس کے پاس آ جاتے اور چند دن رونق رہتی۔ وہ خالد پر زور دیتے ”اب تم بھی اپنا گھر بسا لو، کب تک چھڑے بنے رہو گے“ پڑوسی راشد بھی کبھی کبھی علیک سلیک کے بعد یہی موضوع چھیڑ دیتا اور خالد سے کہتا ”بس جی اب اس گھر میں ہماری ایک بھابی آ جانی چاہیے“۔ وہ ہر بار ان سوالوں کے جواب میں مسکرا دیتا یا خاموش رہتا اور کیا کرتا اس لیے کہ بہن کی شادی کے بعد اس کی جیب بالکل خالی تھی۔ گاؤں والی زمین سال میں اتنے ہی دانے دیتی تھی کہ خالد کے گھر والے عزت سے دو وقت کی روٹی کھا لیں اور شکر کریں۔ رہی اس کی اخبار کی تنخواہ، تو ایسی آمدنی میں بس شادی کا خواب ہی دیکھا جا سکتا ہے۔ سو، وہ اکثر رنگین خواب دیکھتا اور خود کو خوش کرتا رہتا تھا۔

پڑوسی راشد نے اپنا مکان بہت سوچ سمجھ کر کم خرچ بالا نشین والے طریقے سے بنایا تھا۔ اُس نے خالد کے گھر کی دیوار کے ساتھ سنگل اینٹ کی پتلی سی دیوار کھڑی کر کے دو بیڈ جوڑ لیے اور اُن ہی سے متصل ایک ڈی ڈی، اور کچن، باتھ وغیرہ بنا کر اُن پر ایک لمبی سی چھت ڈال دی۔ اس کی بیوی نے مزید سمجھ داری دکھائی اور صرف ایک بیڈ روم میں اپنا ڈیرہ جما کر ڈی ڈی اور دوسرا بیڈ ایک نئے نویلے جوڑے کو کرائے پر دے دیا۔ یہ دونوں ملازمت پیشہ تھے۔ اس پورشن میں بہ خوشی آباد ہو گئے۔ ان کے بیڈ روم کے ساتھ خالد کا بیڈ روم جڑا ہوا تھا جبکہ اُس کے دوسرے بیڈ سے راشد والا بیڈ چپکا ہوا تھا۔ صرف ایک پتلی سی دیوار نے انہیں علیحدہ علیحدہ کر رکھا تھا۔ ہوا یوں کہ مختصر سے وقت کے اندر ان دونوں پڑوسیوں کی قربت سے خالد کے دماغ کے ڈھکے چھپے بند کھول دیئے۔ اس کا سارا سکون نچوڑ لیا۔

دن تو خیریت سے گذر جاتا تھا اس لیے کہ خالد اخبار کے آفس میں ہوتا اور اُس کے دونوں پڑوسی اپنے اپنے دفتروں میں۔ لیکن شام ڈھلتے ہی جب وہ گھر آتا تو رات بھیگنے تک اُن دونوں پڑوسیوں کی طرح طرح کی ذاتی باتیں خود بہ خود اُس کے کانوں میں آ سماتیں اور اُسے لگتا کہ اُس کی کھوپڑی میں فقط کچرا بھرا ہوا ہے اور بعض دفعہ بالکل خالی محسوس ہوتی، ٹناٹن کرتی ہوئی یہاں تک کہ وہ اپنے بیڈ روم میں بیٹھ کر کچھ بھی نہ کر پاتا، کوئی پڑھائی لکھائی والا کام تو دور کی بات ہے، خالی بیٹھنا یا مختصر آرام کرنا بھی دشوار ہو جاتا۔ ہوتا یوں کہ وہ جب بھی اپنے ایک بیڈ روم میں آرام کے لیے آ بیٹھتا تو پڑوسیوں کی باتوں کی لپیٹ میں آ جاتا، وہ بے چین ہو کر دوسرے بیڈ روم میں ہجرت کر جاتا لیکن تھوڑی دیر بعد اُسے وہاں بھی ویسی ہی کیفیت کا سامنا کرنا پڑتا، نتیجہ وہی بے چینی۔

دونوں پڑوسیوں کی باتیں خالصتاً گھریلو اور نجی نوعیت کی ہوتی تھیں۔ مثلاً ایک روز کرایہ دار اسلم نے اپنی گھر والی سے کہا ”رمزی ڈئر“ یہ ڈبل بیڈ یہاں سے ہٹا کر دوسری دیوار کے ساتھ جوڑنا پڑے گا، مجھے مشرقی جانب والی کھڑکی سے تھوڑی روشنی اور ہوا مل سکے گی“ چنانچہ ان کے بیڈ کے ساتھ ساتھ خالد کے دماغ کی بھی کھینچا تانی شروع۔ اس مشقِ ستم کے بعد جب اُسے کچھ سکون کا وقفہ ملا تو پھر ایک نئی بات۔

”رمزی ڈئر، تم یہ کیلینڈر بھی ڈبل بیڈ کے ساتھ والی دیوار پر ٹھوک دو، ہمیں تاریخ دیکھنے میں ذرا آسانی رہے گی۔“ سو، فوراً ہی ہتھوڑی کی ٹھک ٹھک شرو، جو سیدھی آ کر خالد کے دماغ کی چولیں ہلانے لیکن پڑوسی کے لیے آسانی لانے کی۔ کچھ دیر خاموشی کے بعد مسٹر اینڈ مسز اسلم کا ڈنر شروع ہوا اور اسی کے ساتھ ساتھ

قدرے اونچی آواز میں ٹی وی کے بدلتے چینلز پر مختلف پروگرام آنے لگے۔ وہ تنگ آ کر اٹھ کھڑا ہوا اور اپنے دوسرے بیڈروم میں جا پہنچا۔ اس کے ساتھ راشد کا بیڈروم جڑا ہوا تھا جہاں اس کی وائف اپنی گونجیلی آواز میں بول رہی تھی۔

''آج سامنے والی پڑوسن مجھے ملنے آئی تھی، کانوں میں نئے کانٹے تھے، بہت خوبصورت اور جدید ڈیزائن والے، میری نظریں تو جیسے ان پر جم کر رہ گئیں، اس نے نیا کام دار جوڑا پہنا ہوا تھا۔ وہ خوب بن بن کر مجھے بتانے لگی کہ اس کا گھر والا اسے اپنے سکوٹر پر موتی بازار لے کر گیا تھا اور ان چیزوں کی شاپنگ کروا کر لایا۔ اللہ، تم بھی مجھے موتی بازار لے جا کر ویسا ہی ایک جوڑا لے دو نا، میرے اچھے راشد، تم سن رہے ہو نا؟''

''ہوں، آں''

''چھوڑو اخبار، میری بات کا جواب دو''

''اچھا، اچھا، دیکھیں گے۔'' اس کے ساتھ ہی دونوں ڈنر کرنے لگے۔

رات کے دس بج گئے تھے۔ اس دوران خالد نے بہ مشکل کھانا زہر مار کر لیا۔ پھر تھوڑی دیر تک ایک کتاب کھول کر دیکھتا رہا، گیارہ بج گئے۔ وہ اپنے اخبار کے ادبی صفحے کے لیے ایک افسانہ لکھنے کا سوچنے لگا۔ آخر ایک اچھا سا پلاٹ سوجھ ہی گیا۔ قلم کاغذ اٹھا کر آغاز لینے کی کوشش کرنے لگا، پہلے ایک سطر لکھی، پھر دوسری، لیکن کچھ مزہ نہیں آ رہا تھا۔ وہ تھوڑا رک کر مزید سوچنے لگا۔ سوچتے سوچتے اونگھ آ گئی۔ پھر کچھ پتہ نہ چلا کہ کیا ہوا، وہ کہاں تھا اور کیا کر رہا تھا۔ اُس کے ہاتھ سے قلم کاغذ پھسل گیا۔ وقت کی لہر جانے اُسے کہاں لے گئی۔ کرسی پر بیٹھے پہلو بدلتے ہوئے اچانک اُس کی آنکھ کھلی تو قدرے سنبھل کر سامنے دیوار پر کلاک دیکھا، ایک بجا تھا۔ قلم کاغذ اٹھا لیا اور عین اُسی وقت پڑوس والے کمرے میں دو جسم جاگ اٹھے۔ چند ثانیے باہمی کھسر پھسر، نقرئی ہنسی، چوڑیوں کی چھنا چھن اور پیار کی مٹھاس میں شرابور کچھ تقاضے۔

''نہیں، قسم سے بالکل موڈ نہیں ہے، توبہ ہے، تمہاری یہ روز روز کی بھوک ختم ہی نہیں ہوتی، ٹھہرو ٹھہرو، اتنے کیوں بے صبرے ہوئے جا رہے ہو، کپڑے تو اتار لوں۔ اور تم مجھے اس طرح کیوں نوچ رہے ہو، میری ایک بریسٹ پر زخم ہے، اُف تم مت چھیڑو، مجھے درد ہوتا ہے''

ان کی آپس کی یہ انتہائی نجی باتیں سیدھی کانوں میں اتر کر خالد کے ہوش اڑانے لگیں۔ چند سیکنڈ کی خاموشی، پھر دو ندیدے بدنوں کی لپک جھپک، ترسیدہ سانسوں کی مٹھ بھیڑ اور اس کے بعد ایک مربوط ردم کے ساتھ بے اختیار چسکاریاں۔ معاملہ برداشت سے باہر ہو گیا، خالد قلم کاغذ پھینک، کمرے سے نکل بھاگا اور دوسرے بیڈروم میں جا کر دم لیا، کارپٹ پر لیٹ گیا۔ سینہ دھونکنی بنا ہوا تھا اور ذہن میں کوئی انوکھی سے فلم چل رہی تھی۔ خالد ایک تکیئے پر سر رکھ کر پلٹے کھانے لگا۔ لیکن اسی اثنا میں دیوار کی دوسری جانب لگے بیڈ نے ''چرخ چوں، چرخ چوں'' شروع کر دی۔ اُسے یوں لگا کہ یہاں بھی وہی جاگتے جسموں والا ڈرامہ چل رہا ہے، گو کمرے بدل گئے تھے۔

''بس جانی، اب جان چھوڑو، آرام بھی کرنا ہے صبح ہی صبح آفس کی تیاری بھی کرنی ہے''۔ نیند کے خمار میں لپٹی آواز نے کہا۔

''نہیں جانم، صبح اتوار ہے، سارا دن اپنا ہے''۔ اور اسی کے ساتھ بیڈ کی چرخ چوں، چرخ چوں۔

خالد یہ سوچ کر حیران تھا کہ کیا ان چاروں جسموں کے اندر کوئی ایسی گھڑی فٹ تھی کہ ایک ہی وقت میں ان کے الارم بج اُٹھے، وہ جاگ اٹھے اور ایک ہی نوعیت کے کام میں مصروف ہو گئے۔ پھر اُسے ارشد اور اسلم پر رشک آیا کہ ان کے ساتھ لیٹے ہوئے گدرائے بدنوں نے اپنے اپنے طور پر خود کو ان کے سپرد کر کے لذّتوں کے تاب دار موسموں کے در اُن پر کھول دیئے تھے لیکن اُسے لگا کہ شاید خود اُس کے اندر بھی کہیں ایک ایسی گھڑی موجود تھی جس نے اسے جگا کر اُس کے بدن میں ایک عجیب سے کھولن بھر دی تھی اور وہ بے بس ہو کر سوچنے لگا کہ اب کہاں جائے اور کیا کرے۔ دماغ سُن، جسم میں خارش، بے چینی اور اکڑن۔ جب اُسے کچھ بھی نہ سوجھا تو باتھ روم جا کر سر گیلا کر لیا اور صحن میں ایک کرسی پر بیٹھ گیا۔

خالد کو یاد آیا کہ اُس کا گاؤں تھا تو پورے کا پورا ایک گاؤں ہی، لیکن وہاں کے مکینوں کے گھر الگ الگ تھے۔ اسی لیے کسی کو بھی اپنے پڑوسی کی انتہائی نجی باتوں کا کوئی علم نہیں ہوا کرتا تھا۔ کس جوڑے کا پیار کا بادل کتنی دیر برسا، اس بارش میں دو بدنوں کی کیسی کیسی لپٹ جھپٹ ہوئی، قریب ترین پڑوسی بھی اس سے بالکل بے خبر ہوتا تھا اور ہونا بھی چاہیے۔ پرائیویسی کا تقاضا تو یہی ہے۔ ''اب یہاں شہر میں آ کر تو مجھے زندگی یکسر مختلف لگتی ہے، نجی پردہ داری تو نام کو بھی نہیں'' اس نے سوچا اور یہ بھی کہ ''پڑوسیوں کی نجی باتوں پر میری توجہ کیوں خود بہ خود مبذول ہو جاتی ہے، اس مسئلے کا حل کیا ہے، اگر میں شادی کر لوں تو کیا پڑوسی اس طرف کی باتیں نہیں سنیں گے؟'' اس نے کچھ دیر سوچا آخر ایک فیصلے پر پہنچ ہی گیا۔

اگلی صبح خالد جلد اٹھا، نہا دھو کر ناشتہ کیا۔ دماغ میں ایک فضول سے رت جگے کا خمار ابھی تک تھا۔ وہ آفس چلا گیا۔ اس کی خواہش پر آفس بوائے نے ایک کڑک چائے لا کر اُس کے سامنے رکھ دی۔ چسکیاں لے لے کر اُس نے شہری زندگی کے خلاف ایک ''کڑک'' افسانہ لکھا۔ پھر آفس بوآئے کو حکم دیا:

''حمید، تم ابھی جاؤ اور یہاں آفس سے قریب ہی ایک سپرٹ پورشن مجھے کرائے پر دلوا دو، دیر بالکل نہیں لگانی، تمہیں معقول انعام ملے گا''

کام بنتے ہی خالد اپنا گھر کرائے پر چڑھا کر خود اسی پورشن میں اٹھ گیا۔ اگلے روز سے وہ مختلف اخباروں میں ''ضرورت رشتہ'' کے کالموں میں بالخصوص ''گھر داماد'' والے اشتہار دیکھنے لگا۔ اور کیا کرتا؟ اس کا جسم بھی تو جاگ چکا تھا اور اُسی نے خالد کو ایک آسان سی راہ سُجھا دی تھی۔ پرائیویسی ملنے کے بعد اب اُسے ایک خاص جسمانی سکون کی ضرورت تھی، وگرنہ اپنے گھر میں پڑوس سے اٹھ کر آنے والی بے گانی تپش سے اس کا جسم یوں ہی جل جل کر بھسم ہو جانا تھا۔

شُھ چنتک

گلزار جاوید
(راولپنڈی)

''دادو! پھر کیا ہوا' بتایئے نا.....؟''

''ہونا کیا تھا بیٹا.....! پوری کلاس' ہی ہی کر کے اِس طرح دانت کھسوڑنے لگی جیسے اُن سب کے پیٹ میں چوہے چھوڑ دیئے گئے ہوں..... اُس دن تو دولڑ کے پریم اور عابد حبیب غیر حاضر تھے..... پوری کلاس تو نہ ہوئی.....؟ چوبیس میں سے دو گھٹا دیئے جائیں باقی بچتے ہیں بائیس..... بائیس لڑکوں کو پوری کلاس نہیں کہا جا سکتا.....! پریم بھی عجب ڈرامہ تھا.....! ہر روز نئے ڈیزائن کے کپڑے پہن کر آتا اور ہم جماعتوں پرُ رعب جھاڑتا.....! اِس طرح کی جرسی اشوک کمار نے' فلم ''ہم لوگ'' میں پہنی ہے.....! پتلون کا اسٹائل راج کپور سے ملتا جلتا ہے..... بالوں کی لٹ دلیپ کمار کے انداز میں ترشوائی ہے..... قمیض کا کالر دیو آنند اسٹائل کا بنوایا ہے.....''

''اتنے ڈھیر سارے پیسے تیرے پاس آتے کہاں سے ہیں اور تجھے سلوا کر کون دیتا ہے فیشنی کپڑے.....؟''

''ابے یار.....! تم بھی باؤلے ہو سارے..... یہ کپڑے میرے بڑے بھائی سُدھیر کے ہیں' میں تو اس کی چوری سے پہن کر آتا ہوں.....!''

''اور بال.....؟'' پریم کی بات میں وقفہ آتے ہی ہم میں سے کوئی بول پڑتا.....

''بال کٹوانے' میں اپنے بھائی کے ساتھ جاتا ہوں۔ جس ہیرو کے اسٹائل میں سُدھیر کٹنگ کراتا ہے میں بھی ضد کر کے ویسے ہی بال ترشوا لیتا ہوں..... پچھلے دنوں سُدھیر نے دلیپ کمار طرز کی لٹ ماتھے پر لٹکوائی تھی' اس مرتبہ دیو آنند اسٹائل کا گپّا رکھوایا ہے.....!'' سر کے اوپری حصے کی جانب بالوں کے اُبھار کی طرف اشارہ کرتے ہوئے پریم چند شودگی دکھاتا اور ہم سب گونگلو بنے اُس کا منہ تکنے لگتے۔

''کیا بنے.....؟''

''بھئی محاورہ ہے..... پنجاب میں شلجم کو گونگلو بھی کہتے ہیں' سادہ بندے کو' گونگلو کی طرح' ڈب کھڑب سمجھتے ہوئے گونگلو سے ملا دیتے ہیں..... ڈب کھڑب کا مطلب نہ پوچھنے لگنا.....؟ ٹیڑھے میڑھے کے لئے استعمال ہوتا ہے.....''

''اُس وقت کے لحاظ سے ماڈرن اور پیسے والے ہوں گے پریم چند کے بڑے بھائی.....؟''

''آرٹسٹ بتایا کرتا تھا پریم چند حالانکہ اُس کے بھائی' سینما کے ہورڈنگ بنایا کرتے تھے اسی وجہ سے' اُن کے کپڑوں اور بالوں میں' فلمی ہیروز کی چھاپ نمایاں تھی..... تیسری دنیا میں غریب اور پسے ہوئے لوگ' فلمی ہیرو' ہیروئن سے اصل ہیروز کی طرح مرعوب ہوا کرتے ہیں اور اُن کی دیکھا دیکھی' ہیرو' ہیروئن بننے کی ناکام کوشش میں ضائع ہو جاتے ہیں.....''

''پیٹ میں چوہے چھوڑنے والی بات تو درمیان میں رہ گئی.....!''

''آتا ہوں..... آتا ہوں..... اُدھر بھی آتا ہوں..... پہلے پریم کی کہانی کا انت تو سُن لو..... ہماری تو خیر ہے وہ کم بخت مسلمان دوستوں کے ساتھ' اسکول اور گھر تک اس درجہ شیر شکر تھا کہ ہمیں اُس کے ہندو ہونے پر شک گزرنے لگا تھا..... غالباً سوموار کا دن تھا' اُس روز ناصر تاخیر سے پہنچا تھا..... آتے ہی اُس نے ساری کلاس کے سر پر آسمان گرا دیا تھا.....!''

''وہ کس طرح.....؟''

''ابھی ابھی میں نے پریم کو جم خانہ کلب میں جھاڑو دیتے دیکھا ہے.....!''

''ہیں.....!'' بہت سارے منہ ایک ساتھ کھل گئے.....!

''قسم اللہ پاک کی..... اُس نے وہی قمیض پہن رکھی تھی جو مشہور ولن پران نے فلم ''آزاد'' میں پہنی ہوئی تھی..... جیسے ہی میں نے پریم اور اُس کی قمیض کو پہچانا' پریم او پریم کہہ کر اُسے آواز دے ڈالی جس پر وہ چونک کر پلٹا اور اُس کے بعد اجنبی بن کر میری طرف پیٹھ کر کے پھر سے جھاڑو دینے لگا.....''

''ابے نہیں..... یہ کس طرح ہو سکتا ہے..... کل ہی تو اُس اُلو کے پٹھے نے' میرے ساتھ چارپائی پر بیٹھ کر ایک پلیٹ میں مزے لے لے کر بھنڈی گوشت کھایا تھا اور کلاس میں کسی کو نہ بتانے کی تاکید کی تھی.....!'' شریف الدین حیرت کے کوزے میں ڈوبے کھاتے ہوئے' ایمان کی خرابی پر پریشان تھا.....!''

''کمال ہے یار.....! تجھے دھوکا تو نہیں ہوا.....؟''

''ابے باؤلا ہوا ہے..... کل کو آ جائے گا سالا پریم' سب کے سامنے پوچھوا دوں گا..... ہاں نہیں تو.....!'' ناصر نے گھڑے سا سر اور گوریلا آنکھیں نکالتے وجے کمار' افضال احمد اور اصغر علی کو لاجواب کر دیا.....!

''پریم کے آنے پر' بڑا ہنگامہ ہوا ہو گا کلاس میں.....؟''

''اُس دن کے بعد پریم کبھی سکول نہیں آیا..... لڑکوں نے پریم کا پیچھا کر کے اُس کا گھر ضرور دیکھ لیا تھا جو بھنگی محلے میں واقع تھا.........!''

''اور وہ دوسرا لڑکا..... کیا نام تھا..... عابد حبیب..... وہ کیوں غیر حاضر تھا اُس روز.....؟''

''عابد حبیب' کوڑھ مغز اور غبی سا لڑکا تھا..... اُس روز' سبق یاد نہ کرنے پر ماسٹر جمعہ بخش کے مشہور زمانہ مولا بخش کی کارفرمائی سے اُس کا پاخانہ خطا ہو گیا تھا

جس کی وجہ سے وہ دوسرے دن کلاس سے غیر حاضر تھا..... ایک دن کے وقفے کے بعد عابد حبیب اسکول حاضر ہو گیا تھا.... دو ایک دن گُم سُم اور الگ تھلگ رہنے کے بعد معاملہ رفع دفع ہو گیا تھا کیونکہ ماسٹر جمعہ بخش نے سب لڑکوں کو تنبیہ کر دی تھی کہ اگر کسی نے اس واقعے کو بنیاد بنا کر عابد حبیب کو چھیڑنے یا کسی بھی طرح سے تنگ کرنے کی کوشش کی تو اُس کی ایک ساتھ دونوں چیزیں خطا ہو جائیں گی.....!''

''اب اصلی بات بھی بتائیں نا.....!''

''ماسٹر اشفاق حسین تھے تو اچولی کے پٹھان مگر ہندی اور سنسکرت میں اُن کے پائے کا اُستاذ دُور دُور تک دستیاب نہ تھا۔ بھگوت گیتا کے اشلوک اور مہا بھارت کے کرداروں کے درمیان مکالمے کا آسان ترجمہ اتنی روانی اور عمدگی سے کرتے کہ آنکھوں کے سامنے زندہ ڈرامے کی کیفیت پیدا ہو جاتی..... کچھ ایسا ہی انداز کالی داس، تلسی داس، میرا بائی اور کبیر داس کے دوہوں کی تشریح اور ترجمہ کے وقت بھی پیدا کر دیتے..... ایک ایک نکتے کی وضاحت اتنی باریکی اور مہارت سے کرتے کہ بھوگول کے ماسٹر ترویدی صاحب اور انک گڑت کے اُستاد پرکاش چندر بھی ان کی مہارت کا لوہا مانتے ہوئے کانوں کو ہاتھ لگاتے..... ماسٹر اشفاق حسین نے اُس روز کلاس کے تمام لڑکوں کا ہندی میں عرضی یعنی چھٹی کی درخواست لکھنے کا ٹیسٹ لیا تھا اور سب سے اچھی درخواست لکھنے والے کو اپنی جیب سے نقد انعام دینے کا اعلان بھی کیا تھا..... کلاس کے سبھی لڑکوں کے لئے یہ مشکل بات نہ تھی..... ماسٹر اشفاق حسین نے کئی بار ہمیں ہندی کی درخواست لکھنے کی مشق کرائی تھی جس میں ایک لفظ بھی دوسری کسی زبان کا شامل نہ تھا..... ایک لڑکے کو اس کے باوجود بھی ہول اُٹھ رہی تھی..... ہندو دھرم اور ہندو پریوار سے سمبندھ ہوتے ہوئے بھی ہندی زبان اُس کے لئے اجنبی اور اوکھی تھی..... مغربی پنجاب کے شہر راولپنڈی میں تعلیم پانے والا یہ بچہ اردو اور پنجابی زبان کے علاوہ دوسری کسی زبان سے اس قدر مانوس نہ تھا جس قدر اُس کے ہم جماعت ہندی زبان سے تھے.....!''

''ہیں دادو..... ؟ پُرانے وقتوں میں ہمارے دیش میں لوگوں کو اپنی بھاشا نہیں آتی تھی.....؟''

''آتی تھی..... بہت سوں کو آتی تھی..... مسلم اکثریت والے علاقے کے لوگوں کو کم آتی تھی یا بالکل نہ آتی تھی.....''

''اس کا مطلب یہ ہوا کہ مسلمانوں کو ہندی نہیں آتی تھی......!''

''یہ میں نے کب کہا بیٹا..... مسلمانوں کو ہندی نہ آتی تو ماسٹر اشفاق حسین، ہندو ماسٹروں کے ہوتے ہوئے، ہندی اور سنسکرت کے اُستاد کیوں ہوتے..... ؟ آپ اگر اپنے دادو سے اُس نالائق لڑکے کا نام پوچھ لیتے جو اپنی کلاس میں ہندی میں سب سے کمزور تھا تو آپ کے لئے آسانی ہو جاتی.....!''

''آئی۔ایم۔سوری دادو..... اب بتا دیجئے اُس لڑکے کا نام ..... پلیز!''

''نام بتانے کی کیا ضرورت ہے..... وہ نالائق آپ کے سامنے جو بیٹھا ہے..... البتہ! اب اُسے لڑکا کہنا کسی قدر زیادتی ہوگی.....!''

''اوہ نو..... مائی پُوردادو.....!''

''بھئی آگے تو سنو.....! اِسی پُوردادو کو ماسٹر اشفاق حسین نے اپنی جیب سے پورا ایک آنہ یعنی چار پیسے انعام میں دیئے تھے..... پتا ہے کیوں.....؟''

شری مان پردھان ادھیا پک

فیض عام ہائی سکول

صدر بازار میرٹھ

سیوا میں سوینئے نیوے دن یہ ہے کہ پرارتھی کو کل رات سے جوَر آنے کے کارن پاٹھ شالہ میں آنے سے اسمرتھ ہے۔ اتے دو دن کا اوکاش پردان کیا جائے۔ دھنے واد

آپ کا شُبھ چِنتک

بنواری لال

''درخواست کے آخر میں، پرارتھی کے بجائے شُبھ چِنتک لکھنے پر کلاس کے بائیس لڑکے، کھسوڑ رہے تھے.....''

''کھسوڑ رہے تھے.....؟''

''کھی کھی کر کے ہنس رہے تھے..... پر نہیں..... بائیسواں لڑکا تو میں خود تھا، اس کا مطلب ہے ہنسنے والے لڑکوں کی تعداد اکیس تھی.....!''

''شُبھ چنتک پر ہنسنے کی کیا تک تھی بھلا.....!''

''ماسٹر اشفاق حسین کے انوسار، درخواست کے آخر میں درست طور پر 'پرارتھی' لکھنا تھا۔ ماسٹر اشفاق حسین کے خیال میں، میں نے Creativity کو کام میں لا کر 'پرارتھی' سے بہتر شبد 'شُبھ چنتک' تحریر کیا تھا۔ اسی بنا پر انہوں نے مجھے انعام کا حقدار ٹھہرایا تھا حالانکہ چند دن پہلے پتا جی کے نام، جبل پور سے لالہ شیو نارائن کی چٹھی آئی تھی جس کے آخر میں لالہ شیو نارائن نے خط کے آخر میں اپنے نام سے پہلے، آپ کا شبھ چنتک تحریر کیا تھا..... میرے دماغ سے عرضی لکھتے وقت 'پرارتھی' گُم ہو گیا تھا اور میں نے لالہ شیو نارائن کی نقل میں 'پرارتھی' کی جگہ شُبھ چنتک لکھ دیا تھا۔ اس طرح سارے لڑکوں کی کھی کھی کرتی بتیسیاں، ماسٹر اشفاق صاحب کی جانب سے ملنے والے انعام کے بعد شٹر دروازے کی مانند ایک جھٹکے سے گھرر کر کے بند ہو گئی تھیں.....!''

''پھر تو آپ مشکل میں پڑ گئے ہوں گے.....!''

''ایسی ویسی.....!''

''بڑے ابّو.....! اُس زمانے میں بھی اتنی بے شرمی تھی جتنی آج ہے.....؟''

''وراثت، روایت، معاشرت کو بے شرمی، بے حیائی یا بدتہذیبی کے پیمانوں سے نہیں ناپا جاسکتا..... ان چیزوں کے باہمی ملاپ سے معاشرے کا رنگ روپ بنتا ہے جسے عرف عام میں ثقافت کہتے ہیں.....''

"اس کا مطلب ہے آپ نے اپنے دوست کے اصرار پر عشقیہ خط تحریر کر دیا تھا.....؟"

"لاکھ سمجھایا..... لاکھ بتلایا..... میں اس معاملے میں قطعی کورا ہوں.....!"

"اس کا مطلب ہے، تیرے ہوتے ہوئے مجھے کوئی اور در کھٹکھٹانا پڑے گا.....! اوئے کچھ تو شرم کر..... تُو میرا کیسا دوست ہے..... دوست کے بُرے وقت میں کام آنے سے انکار کر رہا ہے.....!"

"شرم.....! میں کروں..... شرم تجھے آنی چاہیے..... ہندو دھرم کا ہوتے ہوئے مسلمان لڑکی سے عشق کی پینگیں بڑھا رہا ہے اور ذریعہ ایک مسلمان کو بنا رہا ہے.....؟"

"اچھا.....! اب سمجھا..... لڑائی، دو دوستوں کی نہیں..... اللہ اور بھگوان کی ہے..... لے میرے پیو.....! کان پکڑ کر وعدہ کرتا ہوں جب تُو میرے عشق کا کفارہ ادا کرنے کے لئے کسی ہندو لڑکی سے عشق، محبت، پریم..... جو بھی تیرا جی چاہے کرے گا تو میں تیرا بھرپور ساتھ دے کر اپنے کرموں کا پراشچت کر دوں گا..... اب بھی یقین ہے کہ کھاؤں بھگوان کی سوگندھ.....!"

"پریار بنتے.....! تیری اُردو تو مجھ سے بہت بہتر ہے..... تو خود ہی تو کہتا ہے کہ تجھے ہندی لکھتے ہوئے بڑی وہ..... چڑھتی ہے.....؟"

"کوڑھ.....!"

"پھر میرے پیچھے کیوں پڑا ہوا ہے.....؟"

"وہ اس لئے میری جان..... ہم پنجابی لوگ اُردو میں پنجابی کی گرائمر شامل کر کے بولتے ہیں..... مثال کے طور پر..... میں اُسے لکھوں گا..... آپ مجھے بہت اچھی لگنے لگی ہیں..... اور تُو لکھے گا..... آپ مجھے بہت اچھی لگتی ہیں..... میں لکھوں گا..... آپ کے بغیر سب کچھ سُونا سُونا لگنے لگا ہے..... تُو لکھے گا..... آپ کے بغیر سب کچھ سُونا سُونا لگتا ہے..... وغیرہ وغیرہ.....!"

"چچا بقراط.....! جب تجھے اپنی اور میری اُردو کا فرق معلوم ہے تو پھر تیرا مسئلہ کیا ہے..... تُو خود کیوں نہیں لکھ لیتا..... کیوں اتنی دیر سے میرا دماغ چاٹ رہا ہے.....؟"

"ویر میرے.....! تیری منت اس لئے کر رہا ہوں کہ تُو خط لکھتے ہوئے..... میر، شیر..... غالب، شالب کے شعر شُور کا تڑکا لگا کر خط کو سوادی بنا سکتا ہے..... اوئے جب میں خط لکھنے بیٹھوں گا تو مجھے تھوڑا پتا چلے گا کہ میں اپنی اُن کو، پنجاب کی اردو لکھ رہا ہوں یا یوپی کی.....!"

"پُتر جی.....! وہاں بھی بہتیرے دوست تھے..... فیقا، شیقا، اللہ وسایا، مہر دین، اوم پرکاش، ٹیک چند اور نہ جانے کتنے..... نائی، دھوبی، ماشکی اور کریانہ والے کے بچوں سے بھی گلی محلے کی حد تک ڈھیر ساری دوستیاں تھیں..... ٹین ایج کی دوستی کی بات ہی اور ہے..... اس عمر کے جذبات ہانڈی میں آنے والے اُبال کی مانند ہوتے ہیں۔ جس کا ذائقہ انوکھا اور دل و دماغ میں چٹکیاں لینے والا ہوتا ہے جسے اُس وقت کے بے تکلف دوستوں، یار سنگیوں سے ہی کُھل کر شیئر کیا جا سکتا ہے..... یوں سمجھ لو بچپن کی دوستی دودھ کے دانت اور نوجوانی کی دوستی پکے دانت کی مانند ہوتی ہے..... ایک طرح سے دودھ اور شراب کا سا معاملہ بھی کہہ سکتے ہیں..... دودھ خالص ہوتا ہے، صحت بخش ہوتا ہے لذیذ ہوتا ہے..... اس کے باوجود زیادہ نہیں پیا جا سکتا..... بندہ جلد چھک جاتا ہے..... شراب..... جتنی پیو نشہ اور طلب اُتنی بڑھتی ہے..... دودھ سے جیب میں سوا دجب کہ شراب سے "جی" میں رچاؤ آتا ہے..... شریفا ملا بھی مجھے کڑے وقت میں تھا..... ہم آنا تھوڑا چاہتے تھے یہاں..... ہم نے تو پاکستان کے اعلان کے بعد بھی پکا پکا وہیں رہنے کا پروگرام بنا لیا تھا..... آدھے مسلمان تو ہم پہلے ہی تھے..... گوشت کھاتے تھے..... دم درود کے لئے مسجد اور مزاروں پر جاتے تھے..... دکھ بیماری میں مولوی مُلا سے تعویذ گنڈا لیتے تھے..... عید، بقر عید، شبرات اور محرم میں مسلمان پڑوسیوں اور دوست یاروں سے شیر وشکر ہو جایا کرتے تھے اور جب بھی محلے میں آواز بلند ہوتی..... گو یوجا نکو..... ونڈے دی شے لے جاؤ..... ہر آواز پر دوڑتا ہوا میں باہر گلی اور کبھی کبھی گلی سے بہت دور نکل جاتا..... میرے ماتا، پتا یا خاندان کے کسی بڑے بزرگ نے اس چیز کو کبھی بُرا نہیں سمجھا..... دیوی کے پرشاد کی طرح بڑی عزت اور محبت سے ونڈے کی شے کھائی جاتی تھی..... سورگیئے ماتا جی بتاتی تھیں کہ جب میں سال سوا سال کا تھا تو مجھے سوکھیا کی بیماری لگ گئی تھی..... ڈاکٹر کیلاش اور حکیم غلام حیدر کرتار پورے والے کے علاج سے جب کوئی فائدہ نہ ہوا تو ماتا جی مجھے پیپل والی مسجد کے امام مولوی حبیب اللہ کے پاس لے گئیں....."

"گُڑ یئے اے کی تماشائے آئی اے تُوں..... نیک بختے تُوں تے ساڈا دل ای خراب کر دیتا اے..... ہُن دس میں کی کراں.....!"

"مولوی صاب.....! میں کملی کیہہ دس سکنی آں جو کجھ وی کرنا اے ہُن تُساں ای کرنا اے..... میں تے بڑی آس لے کے آئی آں تہاڈے کول.....!"

"دھیئے.....! کرن والی ذات خدا پاک دی اے میں تاں بڑا گنہ گار بندہ واں..... تو ایس طرح کر، کا کے نوں لے کے کل آئیں تے نال دو تازہ وینگن لیندی آئیں..... رب بھلی کرے گا.....!"

"ماتا جی بتاتی تھیں کہ دوسرے دن مولوی صاحب نے ایک تعویذ گلے میں ڈالنے کے لئے اور ایک پانی میں ملانے کے علاوہ دونوں بینگن دم کر کے دیئے تھے اور ماتا جی کو کہا تھا کہ یہ بینگن کاکے کی منجی کے سرہانے رسی میں باندھ کر کیل پر لٹکا دینا، جُوں جُوں بینگن سوکھتے جائیں گے ڈُوں ڈُوں کاکا صحت مند ہوتا جائے گا اور ساتھ ہی مولوی صاحب نے یہ حکم بھی دیا تھا کہ چالیس دن تک ہر روز شام گُفتاں کی نماز کے بعد مسجد سے نکلنے والے نمازیوں سے کاکے کو دم کرایا جائے..... ماتا جی کہتی تھیں کہ بینگن جس تیزی سے سوکھ رہے تھے اُسی تیزی سے میرے ناتواں جسم میں ہوا بھر رہی تھی..... پتہ ہے.....! میں مولوی حبیب اللہ صاحب کے علاج کے باعث دوسرا جنم جی رہا ہوں..... وگرنہ..... حکیموں اور

ڈاکٹروں نے تو مجھے لاعلاج بتا کر ہاتھ کھڑے کر دیئے تھے..... ایک مدت تک پِتا جی نے' جناح کیپ جست کے پرانے ٹرنک میں چھپائے رکھی..... برسات کے برسات ماتا جی گرم کپڑوں کو ہوا لگواتیں تو پِتا جی ٹرنک میں سے جناح کیپ نکال کر سر پر رکھ لیتے اور شیشے کے سامنے کھڑا ہو کر کہتے.....

''ساوتری دیکھ' جناح کیپ پہن کر میں پکّا مسلمان لگتا ہوں..... کاش..... ! ہمارے سیاسی نیتا سوجھ بوجھ کے مالک ہوتے اور فسادات کی آگ نہ بھڑکتی تو آج ہم اپنے پُرکھوں کی ہڈیوں سے بے وفائی کا دکھ نہ بھوگ رہے ہوتے.....''

اصولی طور پر یہاں آ کر مجھے آٹھویں جماعت میں داخل ہونا چاہیے تھا کیونکہ وہاں سے میں ساتویں جماعت کا امتحان دے کر آیا تھا اور سکول کا رزلٹ کارڈ بھی مل گیا تھا جس میں اٹھونجا فیصد نمبر لے کر پاس ہوا تھا..... یہاں آ کر مسلمانوں کے سکول میں مجھے داخل کرانے کی یہی وجہ تھی کہ وہاں ہم نے ہندی زبان کی ایک کتاب کے علاوہ سارا کورس اُردو میں پڑھا تھا جس کی وجہ سے میری ہندی بہت کمزور تھی..... فیض عام سکول کے ہیڈ ماسٹر حفیظ الرحمن صاحب نے پِتا جی کو مشورہ دیا تھا.....

''آپ کا لڑکا ہندی میں کافی کمزور ہے لہٰذا اسے آٹھویں جماعت کے بجائے دوبارہ ساتویں کلاس میں داخلہ دلائیں' اس طرح تمام مضامین میں محنت کرنے کی بجائے' لڑکا ایک سال ہندی میں محنت کرے گا تو اس کی بنیاد مضبوط ہو جائے گی.....!''

''ہاں بھئی سنا ہے بڑی دور سے کلاس میں نیا مہمان آیا ہے..... ذرا کھڑا ہو کر اپنا تعارف تو کرائے.....'' ماسٹر جمعہ بخش کے حکم پر میں کافی نروس ہو گیا تھا..... مجھے پھر سے مہاجر کیمپ کی یاد آ گئی تھی.....!

''ہاں بھئی کیا نام ہے تمہارا.....؟''

''جی..... کشوری لال.....!''

''ولد.....؟''

''دھنی رام.....''

''کہاں سے آئے ہو.....؟''

''راولپنڈی سے جی.....''

''پتہ.....؟''

''مکان نمبر ۵۶۹/۴ مدن پورہ گوالمنڈی راولپنڈی.....''

''ہیں.....! گوالمنڈی راولپنڈی.....؟ سنا ہے وہاں تو بڑا خون خرابہ ہوا ہے..... تم کس طرح زندہ بچ آئے.....؟''

''بس جی پرماتما بچانے والا ہے..... راولپنڈی میں اللہ کا ایک نیک بندہ' میاں حیات بخش بستا ہے..... انہیں کے دم کرم سے میں اور میرے کئی پڑوسی زندہ سلامت بچ نکلنے میں کامیاب ہو سکے ہیں.....!''

''جی میرا نام بنواری لال ہے..... میں راولپنڈی' پاکستان سے آیا ہوں.....'' کھردرے لہجے اور پنجابی تلفظ کے باعث لڑکوں نے ایک دوسرے کی طرف دیکھتے ہوئے مشکل سے ہنسی ضبط کی.....

''کلاس میں آنے کے بعد کوئی تکلیف تو نہیں ہوئی.....؟''

''نہیں جی . . . . . کوئی تکلیف نہیں ہوئی ماسٹر صاحب..... شریف الدین میرا دوست بن گیا ہے اور میں اُسی کے ساتھ بیٹھ رہا ہوں..... کلاس کے باقی لڑکے بھی بہت اچھے ہیں.....''

''شریف الدین کے نام پر مت جانا..... یہ ہے بڑا شرارتی.....!''

☆

''اختلافات کی بنیاد کیا تھی.....؟''

''ارے بیٹا..... گڑے مُردے کیوں اُکھاڑتے ہو..... جانے دو' مٹی ڈالو.....!''

''کبھی آپ نوجوان نسل کو عقل مندی' ہوشیاری اور بُردباری کا سرٹیفکٹ دے کر ذمہ دار بنانے کی بات کرتے ہیں..... اور..... کبھی.....؟''

''سرسری نظر سے دیکھیں تو اس لڑائی میں بہت سے عوامل کی کارفرمائی نظر آئے گی..... مثلاً..... نظریاتی بُعد..... معاشی تنگ ودو..... معاشرتی تغیر و تبدل..... مسئلہ حقیقت میں انا کی تھا..... آپا نے شروع دن سے حاکمانہ مزاج پایا تھا..... اُن کی رائے سے اختلاف ایک طرح سے اُن کے لئے چیلنج ہوا کرتا تھا جسے قبول کر کے' مدمقابل کو ہر قیمت پر زیر کرنا اُن کی اولین خواہش ہوا کرتی تھی..... ہمارے نانا جنگلات ٹھیکے پر لیا کرتے تھے جس کے باعث روپے پیسے کی فراوانی تھی..... آپا چونکہ اُن کی پہلی اولاد تھیں اس لئے اُن کی پرورش میں بیجا ناز و نعم کو کافی دخل تھا..... اوّل تو نانا مرحوم اس رشتے پر تیار نہ تھے کیونکہ شادی کے وقت ہمارے والد صرف ساٹھ روپے ماہوار کے ملازم تھے..... لے دے کے ایک پلس پوائنٹ اُن کی وجاہت اور قد بت تھا جسے ڈھال بنا کر دادی صاحبہ نے ترکش کے تمام تیر آزما کر آپا کا رشتہ حاصل تو کر لیا..... مگر..... سسرال والوں کے سر پر ہمیشہ اُن کی لات رہی۔

.....میں تو بڑے باپ کی بیٹی ہوں..... جہیز میں چاندی کی اینٹ اور تانبے کے پائے والا پلنگ لے کر آئی ہوں..... میرے برابر کوئی جہیز لا کر تو دکھائے..... میرے ابّا تو اس رشتے پر آمادہ ہی نہیں تھے..... میری تو قسمت پھوٹ گئی..... بھلا ساٹھ روپلّی ماہوار میں کبھی کوئی گھر چلا ہے..... سر ڈھکو تو پاؤں ننگے اور پاؤں ڈھکو تو سر ننگا..... وغیرہ وغیرہ..... کئی برس تک ابّا کے لو پروفائل نے معاملہ نبھائے رکھا..... دادی کے بقول ابّا نے آپا کی دلجوئی اور ناز برداری میں کوئی کسر نہ اٹھا رکھی جس کے باعث اوائل دنوں میں دونوں میاں بیوی کے درمیان محبت اور گرم جوشی کے آثار بھی نظر آیا کرتے..... ابّا جب بھی کانوائے پر دہلی جاتے تو واپسی پر آپا کے لئے کوئی نہ کوئی تحفہ ضرور لے کر آتے..... آپا بھی

آدھی آدھی رات تک دروازے میں کھڑے ہوکر اُن کا انتظار کرتیں اور ابّا کے آنے پر دونوں اکٹھے کھانا کھاتے..... آہستہ آہستہ خاندان میں اضافے اور بڑھتی ہوئی مہنگائی کے باعث تمام محبت وانسیت سردمہری اور تلخی میں تبدیل ہوتی گئی..... تقسیم کے بعد..... ہندوستان.....یا..... پاکستان کے انتخاب کی تکرار وقت گزرنے کے ساتھ شدت اختیار کرتی گئی..... بظاہر ابّا نے سیدھا سادا عذر، سرکاری ملازمت کا تراش رکھا تھا..... آپا نہ صرف اس دلیل کو بودا قرار دیتیں..... بلکہ..... ابّا کی کسی بات پر ٹھنڈے دل سے غور کرنے پر آمادہ ہی نہیں تھیں..... ایک ہی استدلال..... بڑے ماموں کی پاکستان میں خوشحالی اور بار بار کے بلاوے تھے..... ابّا کو شروع دن سے اپنے بزرگوں سے بڑی اُنسیت اور لگاؤ تھا..... وہ کسی قیمت پر اپنے بزرگوں کی قبروں سے بے وفائی کرنا نہ چاہتے تھے..... ہر جمعرات کو باقاعدگی سے آبائی قبرستان جا کر فاتحہ خوانی کرتے اور گورکن کو کچھ نہ کچھ نذر نیاز دے کر خستہ حال قبروں کی صحیح نگہداشت کی تاکید کیا کرتے.....

ایک معقول عذر ابّا کے پاس اپنی ضعیف والدہ کی خدمت اور تیمارداری کا بھی تھا..... ۱۹۵۰ء میں روز روز کے گھریلو جھگڑوں سے تنگ آ کر دادی صاحبہ اپنے بڑے بیٹے یعنی ہمارے تایا کے پاس پاکستان روانہ ہوگئیں تو ابّا کے مضبوط سائبان میں اک اور بڑا شگاف پڑ گیا جس سے فائدہ اُٹھاتے ہوئے آپا نے فیصلہ کُن جنگ کا آغاز کر دیا جس میں اُنھیں اپنے منجھلے ماموں یعقوب کی درپردہ اور ہمارے چھوٹے ماموں جمیل کی بھرپور حمایت حاصل تھی..... ابّا ہمارے ہوش سنبھالنے کے بعد سے دوپہر کا کھانا نہ کھاتے تھے رات کے باسی سالن سے دو روٹیاں کھا کر چائے کا ایک کپ پیتے اور اس کے بعد بھوّارہ چھاپ بیڑی سے جی بہلا کر دفتر چلے جاتے..... چار بجے شام دفتر سے واپسی پر گھر کا سودا سلف لا کر مغرب کی نماز کے بعد رات کا کھانا کھاتے اور پھر مسجد چلے جاتے..... جب سے گھر میں ہندوستان اور پاکستان کے نام پر کھلی جنگ کا آغاز ہوا تھا اُس دن کے بعد سے گھر کا چولہا اکثر ٹھنڈا رہنے لگا تھا..... والدہ کی چڑچڑاہٹ اور غصیلا پن زوروں پر تھا..... میاں، بیوی کے جھگڑوں کا سارا زور اولاد کی مار پیٹ اور جھٹک پٹک پر ٹوٹتا..... آپا کا زیادہ وقت ماموں یا اپنے پیر جی کے پاس حاضری میں گزرتا تھا جس کے باعث گھر کا ماحول کشیدگی کی انتہاؤں کو چھونے لگا تھا..... کئی بار..... نوبت ہاتھا پائی تک بھی پہنچی..... حالات اس قدر ناگفتہ بہ ہوگئے تھے کہ گھر میں کئی کئی وقت چولہا نہ جلتا اس کے باوجود پونیا لالہ کا قرض بڑھتا جا رہا تھا..... ہم بہن، بھائیوں کو روکھی سوکھی روٹی، باسی سالن یا ستّو چاچا، وحید چاچا، تاج بھیّا کے گھر سے مانگے کا سالن کھلا کر خاموش کر دیا جاتا..... ابّا اکثر راتوں کو چنے کھا کر سو جاتے اور کبھی کبھی ناشتے میں چندی چاچا کی دکان سے، دو پیسے کی چائے اور دو پیسے کا کھا سا لے کر ناشتہ کرتے اور خاموشی سے دفتر چلے جاتے.....

ایک دن ابّا دفتر سے لوٹے تو گھر کا سامان غائب اور دروازے پر موٹا تالا پڑا ہوا تھا..... آپا گھر کا سارا قیمتی سامان لے کر جو بقول اُن کے انھیں جہیز میں ملا تھا اپنے ماموں کے گھر واقع تلیا محلہ چلی گئی تھیں..... بڑی بہن شاہدہ باجی کی والدہ سے بہت گھٹتی تھی اور وہ اُن کا کہا بھی مانتی تھیں اس لئے وہ بھی والدہ کے ہمراہ چلی گئی تھیں..... چھوٹا بھائی اسرار شیر خوار تھا اس لئے وہ بھی والدہ کے ہمراہ تھا..... میں اور نجمہ سکول سے واپس آئے تو گھر میں تالا دیکھ کر سیدھے، سُشیل چچا کے گھر والدہ کا پتہ کرنے پہنچ گئے..... سُشیل چچا کی نئی نئی شادی ہوئی تھی اُن کی بیوی ہر وقت شوخ رنگ کی ساڑھی پہنے مانگ میں سیندور اور ماتھے پر بڑی سی بندی لگائے پیروں میں چاندی کی پازیب پہنے چھن چھن کرتی نظر آیا کرتیں اور سُشیل چچا کی ماتا جی دالان میں پڑے تخت پر، ماتھے پر بل ڈالے بیزاری سے اُنہیں دیکھا کرتیں..... ہمارے استفسار پر سُشیل چچا کی ماتا جی نے ہماری بات کا جواب دینے کے بجائے، ہمارے گھر کی لڑائی کے موضوع پر بے تکان بولنا شروع کر دیا وہ کبھی ابّا کو معصوم گرداننے لگتیں اور کبھی آپا کو مظلوم کہنے لگتیں..... سُشیل چچا کی نئی نویلی دلہن نے ہمارے آگے کھانے کی کئی چیزیں رکھیں اُن کے اصرار کے باوجود ہم دونوں، بہن بھائی، کچھ بھی ڈھنگ سے نہ کھا سکے بار بار ذہن آپا کی غیر موجودگی اور گھر کے دروازے پر پڑے تالے کی جانب جا رہا تھا.....

تین دن بعد آپا کی جانب سے خلع کا نوٹس ملا تو ابّا کے اوسان خطا ہوگئے..... گھبراہٹ میں کہتے کچھ تھے، زبان سے کچھ نکلتا تھا..... لے دے کے اُن کے واحد ہمدرد و غمگسار اُستاد عبدالرحمن تھے جن کا مختصر رقعہ لے کر شہر کے معروف وکیل تمصیر علی شاہ کے پاس پہنچ گئے..... شاہ صاحب نے نوٹس کا جواب اسلامی شرع کے مطابق تحریر کرایا۔ جس کی رو سے شوہر کی اجازت کے بغیر گھر کی چہار دیواری سے باہر قدم نکالنے والی عورت نکاح سے باہر تصور کی جاتی ہے..... شاہ صاحب نے سات دن کے اندر والدہ صاحبہ کو بمعہ سامان گھر لوٹنے اور شوہر سے معافی مانگنے کی تاکید کی تھی بصورت دیگر عدالت میں بھاری ہرجانے کا دعویٰ دائر کرنے کی دھمکی دی گئی تھی.....

ابّا بتاتے تھے، نوٹس وصول کرتے ہی والدہ اور اُن کی ممانی زار و قطار رونے لگی تھیں۔ اُس رات کافی دیر تک اُن کے گھر آنے جانے والوں کا تانتا لگا رہا تھا..... دوسرے دن قریب دو بجے ہمارے گھر جمیل ماموں آئے..... خلاف توقع اُن کا موڈ بہت خوشگوار تھا۔ جس کا ثبوت اُن کی جیب میں بھری ٹافیاں تھیں..... ماموں مجھے اپنے ہمراہ یہ کہہ کر لے گئے کہ آپا کی طبیعت سخت خراب ہے اور وہ مجھے دیکھنے کے لئے بے چین ہیں.....

آپا کے سر پر پٹی بندھی ہوئی تھی اور اُن کی آنکھیں بھی سوجھی ہوئی تھیں..... کافی دیر تک وہ مجھے سینے سے لگائے روتی رہیں، بعد میں ابّا کی زیادتیوں کا گلہ کر کے اُنہیں بُرا بھلا کہنے لگیں اور میں خاموشی سے سنتا رہا....... کچھ دیر بعد وقفے وقفے سے مجھے کئی بار بازار سے روزمرّہ ضروریات کی اشیا خریدنے کے لئے بھیجا گیا..... بعد از مغرب آپا اپنی خالہ کے گھر مجھے ساتھ لے کر گئیں اور اوپر کی کوٹھی میں کافی دیر تک، اُن کے ساتھ کُھسر پُھسر کرتی رہیں..... میں نے کئی بار، ابّا کی پریشانی اور ان کی اجازت کے بغیر آنے کا عذر پیش کر کے، آپا سے اجازت لینے کی

کوشش کی..... ہر بار آپا سے زیادہ اُن کی ممانی یہ کہہ کر میرا منہ بند کرا دیتیں.....

"باپ کی اتنی فکر ہے اور ماں مری جا رہی ہے اُس کی کوئی پرواہ نہیں.....!"

کچھ دیر بعد شوربے والے آلو اور چند روٹیاں والدہ کی ممانی نے لا کر ہمارے سامنے رکھ دیں.....

"تم کھاؤ میں ابھی آتی ہوں....."

آپا پھر سے دوسری کوٹھری میں دروازہ بند کر کے مصروف ہو گئیں..... اتنے میں آپا کے ماموں رکشہ لے کر آ گئے اور یہ کہہ کر مجھے اور اسرار کو آپا کے ساتھ سائیکل رکشہ میں سوار کرا دیا گیا.....

"شرفو بیٹا.....! تمہاری والدہ کی طبیعت زیادہ خراب ہے اور ڈاکٹر ناگن نے دلی کے لیڈی ریڈنگ ہسپتال میں دکھانے کو کہا ہے جہاں صبح صبح لمبی لائن لگتی ہے تب جا کر نمبر آتا ہے....."

"مگر میں ابا کو بتا کر نہیں آیا.....؟"

"تم اُس کی فکر نہ کرو میں ابھی تمہارے ابا کو بتا کر آ رہا ہوں انہوں نے خوشی سے تمہیں والدہ کے ساتھ دلی جانے کی اجازت دے دی ہے.....!"

میرٹھ سے دلی تک کے سفر میں، میرا دل کافی گھد بد کرتا رہا اور جب دلی کے اسٹیشن پر اچانک جمیل ماموں وارد ہوئے اور اُن کے ساتھ شاہدہ باجی کے علاوہ لوہے کا ایک ٹرنک اور کپڑوں کی چھوٹی بڑی پوٹلیاں نظر آئیں تو میرا ماتھا ٹھنکا..... میں نے آپا سے احتجاج کرتے ہوئے حقیقت جاننے کی کوشش کی.....!

"اجی تم بتاتی کیوں نہیں..... ماجرا کیا ہے..... ہم لوگ کہاں جا رہے ہیں..... ہاں نہیں تو..... مجھے بچہ سمجھ رکھا ہے..... دسویں میں پڑھتا ہوں.....!"

"ابے تُو چپ کا نی رہ سکتا.....! بڑا آیا دسویں کا فلانا..... ایک رپٹا دوں گا سالے کی کنپٹی پر..... چاروں طبق روشن ہو جاویں گے.....!"

دلی اسٹیشن کے ویران اور سنسان پلیٹ فارم پر، آدھی رات کے قریب ایک ریل گاڑی آ کر لگی جس میں ہماری طرح کے بہت سے ڈرے سہمے خستہ حال لوگ، بھاگا دوڑی کرتے ہوئے سوار ہو گئے..... آپا کے ماموں نے ہم پانچوں یعنی آپا، جمیل ماموں، شاہدہ باجی، اسرار اور مجھے ٹرین میں سوار کرایا اور خود کچھ دیر تک پلیٹ فارم پر کھڑے، آپا کے کان میں اُنہیں کچھ سمجھاتے رہے اور پھر اونچی آواز میں مصنوعی طریقے سے اونچا اونچا بولنے لگے.....!

"ہاں ہاں گھبرانے کی کوئی بات نہیں پرسوں تک تو آ ہی جاؤ گے تم لوگ..... فکر کی کوئی بات نہیں، یہاں میں سب کچھ سنبھال لوں گا.....!"

☆

"آہ..... ہا..... انگریزی کے پیریڈ میں فرید کے لمبے بال کھینچتے ہوئے ماسٹر حشمت علی کہہ رہے تھے.....!"

"یور چین چلا گیا، چُوڑ چین چھوڑ گیا..... کل تک یہ گھنی زلفیں انسانی شکل میں نہ آئیں تو تمہیں بھی سکول آنے کی کوئی ضرورت نہیں.....!"

ماسٹر حشمت علی دھیمے مزاج کے انسان تھے..... خاندانی وجاہت بھی چہرے پر ٹپکتی تھی مگر بات کو کھینچتے بہت لمبا تھے..... خدا جانے فرید کی ابھی اور کتنی شامت آنا تھی، ہاتھ میں نیلے رنگ کا جہازی رجسٹر پکڑے، چچا کالے خان نمودار ہو گئے، پہلے ماسٹر حشمت صاحب سے کسی کاغذ پر دستخط کرائے پھر میری طرف منہ کر کے مخاطب ہوئے....."

"تمہیں ہیڈ ماسٹر صاحب نے بلایا ہے.....!"

"اُن سے کہنا پیریڈ ختم ہونے میں پانچ منٹ باقی ہیں بنواری لال اُس کے بعد آئے گا....."

ماسٹر حشمت علی کے حکم پر چچا کالے خان سر ہلاتے ہوئے.....

"جی بہت اچھا.....!"

کہہ کر باہر نکل گئے ساتھ ہی میری ہوا بھی نکال گئے..... پوری کلاس میں، ہیڈ ماسٹر صاحب کو صرف میری یاد کیوں آئی.....؟"

"مے آئی کم اِن سر.....؟"

"ہاں، ہاں آؤ..... تمہارے نام کا وارنٹ آیا ہے پاکستان سے.....، انہوں نے لکھا ہے کہ جلد از جلد تمہیں پاکستان پارسل کر دیا جائے.....!"

"جی سر.....؟"

حلق میں چبھتی خوف کی پھانس کو نگلتے ہوئے بمشکل آواز باہر آ سکی.....

"ڈرو نہیں تمہارے کسی عزیز کا پاکستان سے خط آیا ہے.......!"

"میرے عزیز کا..... پاکستان سے.....؟"

"ہاں بھئی اس میں گھبرانے کی کیا بات ہے..... بھیجنے والے نے صاف صاف لفظوں میں تمہارا نام و پتہ لکھا ہے..... بنواری لال، ولد کشوری لال، کلاس دہم، فیض عام ہائی سکول، صدر بازار میرٹھ، یوپی۔ انڈیا..... بھیجنے والے نے اپنا نام پتا لکھا ہوتا تو ابھی معلوم ہو جاتا کہ خط بھیجنے والا کون ہے..... خیر تم گھر جا کر آرام سے پڑھنا اور اپنے والد صاحب کو بھی پڑھوانا شاید یہ انہی کے لئے ہو.....!"

اسکول سے گھر کا فاصلہ چند منٹوں کا تھا جو آج گھنٹوں پر محیط لگ رہا تھا..... طرح طرح کے خیال دل کو ہولا رہے تھے..... پاکستان سے میرے نام کس کا خط آ سکتا ہے..... ہمارے سارے رشتے دار، ہماری طرح شرنارتھی بن کر اِدھر آ گئے ہیں..... ہو سکتا ہے میرے گوالمنڈی والے سکول سے آیا ہو یہ خط..... جس دن پتا جی نے آخری بار مجھے سکول کی فیس دی تھی اُس دن شہر میں ہنگامے ہو گئے تھے اور سکول لگنے کے تھوڑی دیر بعد ہمیں چھٹی دے دی گئی تھی..... میں نے فیس کے پیسے پتا جی کو لوٹانے کے بجائے خود ہی غائب غلہ کر لیئے تھے..... ہو سکتا ہے یہ لالہ لکشمی نارائن کا خط ہو، انہوں نے اپنا اُدھار طلب کرنے کے لئے، میرے نام سکول کے پتے پر ڈالا ہو..... ایک مرتبہ دُرگا پوجا کے لئے ماتا جی نے پیسے دے کر لکشمی نارائن سے پوجا کا سامان لانے کو کہا تھا، میں نے وہ پیسے گڈی اور پتنا

خریدنے پر لگا دیئے تھے بعد میں ماتا جی کا نام لے کر' لالہ لکشمی نارائن سے پوجا کا سامان اُدھار لے آیا تھا..... یہ کس طرح ممکن ہے.....؟ لالہ لکشمی نارائن بھی ہماری طرح ہندو تھا..... ہم تو پھر بھی مسلمانوں سے شیر وشکر تھے لکشمی نارائن تو کٹر ہندو برہمن تھا..... دکان کھولنے سے پہلے اشنان کرتا اُس کے بعد پوجا کے لئے کباڑی بازار کے مندر جاتا' دکان کھول کر چاروں پاسے پوتر جل کے چھینٹے مارتا اور دیر تک آنکھیں بند کر کے من ہی من میں جاپ کرتا..... اس دوران کوئی گاہک آ جاتا تو اشاروں اشاروں میں لکشمی نارائن اُسے ڈانٹ کر سودا دینے سے منع کر دیتا..... بھلا وہ اب تک راولپنڈی میں کیا کر رہا ہوگا..... اچانک میرے ذہن میں ملک منظور کا چہرہ گھوم گیا۔ جس کی سائیکل کی دکان سے میں نے کئی بار کرائے پر سائیکل لے کر چلائی تھی..... ابھی بھی میرے ذمے اُس کے چھ آنے بقایا ہیں..... ہو نہ ہو یہ خط ملک منظور کا ہی ہے..... ملک منظور کو میرے سکول کا پتہ کیسے چلا.....؟

''پیارے بنواری لال عرف بنے.....!''

خط کی پیشانی پر اپنا نام اور پیارے پڑھنے کے باوجود دل کی دھونکنی بے حساب دھونک رہی تھی..... من کی تسلی کے لئے بند دروازے پر پھر سے نظر ڈال کر کمرے میں اکیلے پن کا اطمینان کرتے ہوئے منجی پر ڈھیر ہو کر قمیض کے دامن سے ہوا کرتے ہوئے پھر سے خط پڑھنا شروع کیا.....

''پیارے بنواری لال عرف بنے.....!''

سمجھ نہیں آتا.....! تجھے..... اسلام علیکم لکھوں' نمسکار' آداب یا رام رام.....! تُو کہا کرتا تھا کہ تجھے میرٹھ شہر پنجرے کی مانند لگتا ہے جس میں آزاد پنچھی کو قید کر دیا گیا ہے..... سچ مان' تیری بات سُن کر' میں دل ہی دل میں کُڑھتا تھا..... اُٹھتے' بیٹھتے راولپنڈی کے کنوؤں کا میٹھا پانی' کمپنی باغ کی اُجلی صبحیں' دسہرا گراؤنڈ کی ٹھنڈی ہوائیں اور راجہ بازار کی سلونی شامیں یاد کر کے تُو آہیں بھرا کرتا تھا تو میں تجھے عقل سے کھسکا ہوا سمجھ کر خاموش ہو جاتا تھا..... مگر دوست.....! بُرا مت منانا..... قسمت مجھے میرے ارمانوں کی خاک' میرٹھ سے اُڑا کر راولپنڈی لے آئی ہے تو مجھے بھی ایسا لگتا ہے جیسے کسی نے' پَر کاٹ کر میرے ارمانوں پر لوہے کا کنٹوپ پہنا دیا ہو..... مجھے بھی شدت سے' میرٹھ کی بھینسالی' بیگم پل کی پینٹھ' کوٹھی جنت نشاں' گھنٹہ گھر اور ابو کا مقبرہ یاد آتے ہیں..... شائد تُو میرے سچ پر' مجھ سے خفا ہو جائے..... مگر دوست میں اُس وقت تجھ سے خفا نہیں ہوا تھا جب تو میرٹھ کو بے کیف' ویران اور مُردہ شہر کہا کرتا تھا..... میں راولپنڈی شہر کے بارے میں یہ سب تو نہیں کہہ پاؤں گا البتہ.....! اتنا ضرور کہوں گا کہ میں خود تو راولپنڈی پہنچ گیا ہوں' میرے خواب میرٹھ میں بھٹک رہے ہیں.....!''

اِس کے بعد چار صفحے میں دوسرا پورا صفحہ شریفے نے اُس تفصیل سے بھر دیا تھا کہ وہ کس طرح رات کی تاریکی میں اپنی والدہ اور ماموں کے ساتھ' دہلی سے کھوکھرا پار' کراچی' لاہور اور پھر راولپنڈی پہنچا اور کس طرح وہ اپنے والد اور بہن کے لئے تڑپتا اور ہر گھڑی اُن کو یاد کرتا ہے..... تیسرے صفحے پر پہنچ کر شریفے نے پھر سے آپس کی باتیں شروع کر دی تھیں.....!

''یار بنے.....! یہاں آ کر میں بہت پچھتاتا ہوں کہ میں نے تیرے ساتھ چار سال کی دوستی میں اگر پنجابی کے چند بول سیکھ لئے ہوتے تو مجھے لوگوں کے سامنے شرمندہ نہ ہونا پڑتا..... راولپنڈی پہنچنے کے تیسرے روز ہی ماموں نے ملک بنارس کے گھر' مجھے دودھ لینے بھیج دیا..... مجھ سے پہلے بھی وہاں کئی لوگ' رنگ برنگے تہبند باندھے اور شلواریں پہنے دودھ لینے کے انتظار میں کھڑے' پنجابی میں گفتگو کر رہے تھے جس کا ایک لفظ بھی میرے پلے نہیں پڑ رہا تھا..... میری باری پر ملک بنارس نے' مجھ سے دریافت کیا.....

''کِنّا کھڑ سو.....؟''

میں ہونق بن کر اُس کا منہ دیکھنے لگا..... میری طرف سے جواب نہ پا کر اُس نے پھر دریافت کیا.....

''باؤ جی.....! کِنّا کھڑ سو.....؟''

میرے چہرے پر ہوائیاں اُڑتی دیکھ کر' ساتھ کھڑے پکی عمر کے آدمی نے' بائیں ہاتھ کی چھنگلیا میں دبے سگریٹ کا گل جھاڑتے ہوئے کہا.....!

''ان کا مطلب ہے آپ کو کتنا دودھ چاہیے.....؟''

گو کہ ان صاحب کا لہجہ بھی ایسا تھا جیسے لسی گھوٹ رہے ہوں مگر مفہوم میری سمجھ میں آ چکا تھا..... دو سیر کہہ کر جلدی سے برتن آگے بڑھا دیا.....

دو دن بعد دوپہر کے وقت ممانی نے کہا.....!

''اے بھیا.....! ذرا ہمیں آدھا سیر شلجم تو لا دو..... تمہارے ماموں کو شلجم گوشت بہت پسند ہے.....!''

سبزی والا کچھ دیر تو' حیرت سے اِدھر اُدھر دیکھتا رہا پھر ہاتھ کے اشارے سے بائیں گلی میں حکیم کی دکان کا پتہ سمجھانے لگا..... میں نے شلجم کی طرف اشارہ کرتے ہوئے کہا.....!

''حکیم سے کیا کام مجھے تو شلجم چاہیں.....!''

دانتوں میں زبان دباتے ہوئے' سبزی والا پنجابی میں گویا ہوا.....!

''اینج کہو نا.....! ٹھپّر چاہی دے نے..... تُسی کہیہ شلجام' شلجام لائی ہوئی اے.....؟''

کل رات کی بات ہے.....! ماموں کے دوست اور کاروباری شریک راجا زمان نے ہم لوگوں کی دعوت کی۔ جانا تو جمیل ماموں کو بھی تھا مگر وہ کاروبار کے سلسلے میں نرنکاری بازار میں دکان دیکھنے چلے گئے..... ہم لوگ زمان ماموں کے گھر پہنچے تو آپا' شاہدہ باجی اور اسرار زنان خانے میں چلے گئے اور مجھے زمان صاحب کے ساتھ بیٹھک میں بٹھا دیا گیا..... کچھ دیر بعد زمان صاحب کے ایک دوست راجا مہربان بھی آ گئے جو تفصیل کے ساتھ میرٹھ کے لوگوں کے رہن سہن اور مسلمانوں کے حالات معلوم کرتے رہے..... تھوڑی دیر میں زمان ماموں کا دس بارہ سال کا بیٹا سجاول باری باری چاول' سالن کے ڈونگے اور ڈش کے علاوہ پانی کا جگ' گلاس اور

پلیٹیں وغیرہ سینٹر ٹیبل پر سجا چکا تو میزبان نے مجھے کھانا شروع کرنے کی دعوت دی.....!

''شروع کرو بیٹا.....!''

''جی.....!''

کچھ دیر بعد زمان ماموں کے دوست بولے.....!

''دیر کس بات کی ہے..... شروع کیجئے نا.....!''

باری باری دونوں حضرات کی طرف دیکھتے ہوئے' دو مرتبہ میں نے جی جی کہا اور زنان خانے سے کچھ برآمد ہونے کا انتظار کرنے لگا.....!

''بھئی آپ تو بہت شرمیلے ہیں.....!''

میری پلیٹ میں پہلے سادے چاول اور اُس کے اوپر' آلو گوشت کا سالن ڈالتے ہوئے زمان ماموں کے دوست نے میری مشکل آسان کر دی..... وگرنہ میں سالن کے ساتھ کھانے کے لئے روٹیوں کا انتظار ہی کرتا رہتا.....

ابھی بہت ساری باتیں لکھنے والی ہیں جن سے تم میری پریشانی کا اندازہ لگا سکتے ہو..... اب دیکھو اتنی دیر سے اُردو لکھتے ہوئے میری انگلیاں دُکھنے اور دماغ تھکنے لگا ہے..... میں تمہاری سہولت کے لئے آئندہ بھی تمہیں اردو میں خط لکھتا رہوں گا..... تم بھی میری ہندی کو درست رکھنے کے لئے میرے خط کا جواب ہندی میں تحریر کرنا..... تم اکثر راولپنڈی میں اپنے گھر اور محلے کی بابت بتایا کرتے تھے جسے ہم ہوا میں اُڑا دیا کرتے تھے..... گھر سے دوری کے عذاب نے' تمہارا درد سمجھنے اور محسوس کرنے کے ساتھ اُسے دور کرنے کی تڑپ بھی دل میں پیدا کی ہے..... تم اپنے خط میں میرٹھ کے موجودہ پتے کے ساتھ راولپنڈی میں اپنا سابقہ پتہ ضرور لکھنا..... میں تمہارا کھویا ہوا بچپن تلاش کرنے کی پوری کوشش کروں گا' تم بھی میرٹھ کی گلیوں میں میری نوعمری کو گم نہ ہونے دینا..... اپنی پڑھائی اور کلاس کے تمام دوستوں کی خیریت کی اطلاع ضرور تحریر کرنا..... امتحان نزدیک ہونے کے باعث' مجھے اسکول میں داخلہ نہ مل سکا ہے..... ماموں نے فیصلہ کیا ہے کہ میں دسویں کا امتحان پرائیویٹ دوں..... ایک ہفتے سے ماسٹر صاحب ٹیوشن پڑھانے آ رہے ہیں..... بظاہر بڑے ہنس مکھ اور لطیفہ گو ہیں مشکور صاحب مگر اُن کے کمزور سینے میں غم کے کئی پہاڑ کھڑے ہیں..... سنا ہے.....! ۱۹۴۷ء میں ہندوستان سے پاکستان آتے ہوئے اُن کا سارا کنبہ بمعہ اُن کی ایک سالہ بچی کے فسادیوں نے قتل کر دیا تھا..... مشکور صاحب اپنی زبان سے' ایک لفظ بھی اپنے اوپر بیتنے والے ظلم کی بابت بیان نہیں کرتے اگر کوئی ذکر چھیڑے تو صرف اتنا کہتے ہیں.....!'' وہ سب جانیں' میرے پاکستان کی امانت تھیں اور پاکستان پر قربان ہو گئیں..... پھر افسوس کس بات کا.....؟''

اتنا کہہ کر مشکور صاحب' دیر تک فضاؤں میں گھورتے رہتے ہیں حتیٰ کہ اُن کے ہاتھ میں لگا سگریٹ جب اُن کی جلد کو جلانے لگتا ہے تو وہ چونک کر واپس پلٹ آتے ہیں..... بنّے میرے یار.....! مجھے افسوس ہے کہ میں تمہارا کفارہ ادا نہ کر سکوں گا..... تم اگر چاہو تو میرا قرض ادا کرنے کا ایک طریقہ تمہارے پاس ہے..... میرے والد کو کبھی میری کمی محسوس نہ ہونے دینا اور ہر طرح سے اُن کا اور میری بہن کا خیال رکھنا..... میں جب بھی اپنے پیروں پر کھڑا ہوا تو ضرور اُن کی خدمت میں حاضر ہو کر اپنی کوتاہیوں کی تلافی کروں گا..... اپنی اور اپنے گھر والوں کی خیر خیریت تفصیل سے لکھنا..... اور اُن کی بھی.....؟

راولپنڈی میں میرا پتہ یہ ہے مکان نمبر پی/۳۰۷' مائی ویرو کی بنی' راولپنڈی پاکستان

تمہارا اپنا شریف الدین

☆

ہاں..... ہاں کیوں نہیں.....! کھسر پھسر اور خفیہ میٹنگ کے بعد سب کا خیال تھا کہ یہ خط ابا نے بھیجا ہے..... جو مجھے ورغلا کر واپس بُلانا چاہتے ہیں..... خط کو پڑھنے اور اُس کے ایک ایک مندرجات پر غور کرنے کے بعد بھی خط کے پیچھے ابا کی کارفرمائی تلاش کی جاتی رہی.....!

''سنو.....! یہ بنواری لال کون ہے.....؟'' آپا نے چبھتی نظر سے میرا جائزہ لیتے ہوئے دریافت کیا۔

''میرا دوست ہے..... یہیں کا رہنے والا ہے۔ ۱۹۴۷ء میں مہاجر بن کر گئے ہیں یہ لوگ..... فیض عام سکول میں ساتویں سے دسویں تک ہم دونوں ساتھ تھے..... بڑا گہرا دوست بن گیا تھا میرا..... چار سال تک ہم لوگ چاروں کلاسوں میں ایک ساتھ ہی بیٹھتے تھے..... آپ بھول گئیں یہ وہ ہی بنواری لال ہے جب ابا نے آٹھویں کلاس میں بورڈ کا امتحان دینے کے بعد' رزلٹ آنے سے پہلے ہی مجھے سلائی مشینوں کے کام پر ڈال دیا تھا۔ یہ باقاعدہ ابا سے آ کر لڑا تھا اور جب ابا نے اس کی بات نہیں مانی تو وہ سیدھا ماسٹر اشفاق حسین کے پاس چلا گیا تھا..... ابا کی نسبت ماسٹر اشفاق حسین کو اس بات پر قائل کرنا آسان تھا کہ ایک لائق لڑکے کو پڑھائی سے اُٹھا کر کام پر لگانا غلط بات ہے..... بنواری لال ابا کے آگے بے بس تھا اور ابا ماسٹر اشفاق حسین کے آگے نہ بول سکے..... ماسٹر اشفاق حسین نے ابا کی جانب سے اخراجات کا عذر پیش کرنے پر' میری پڑھائی کا سارا خرچ اپنے ذمے لینے کی آفر کی تو ابا پر گھڑوں پانی پڑ گیا جس کے بعد میری پڑھائی کا سلسلہ دوبارہ شروع ہو گیا تھا.....!''

''اچھا..... اچھا یہ مٹھی والا تو نہیں.....؟''

''آپا.....! مٹھی نہیں..... مٹھی..... آپ نے تو کمال کر دیا' میں جب پہلی مرتبہ اُس کے گھر گیا تھا تو مٹھی کو میٹھی کہہ رہا تھا جس پر بنّے نے میرا تلفظ صحیح کرتے ہوئے کہا تھا.....!''

''بھولے بادشاہ.....! یہ میٹھی نہیں نمکین ہے..... جس طرح آپ لوگ شام کی چائے یا مہمان نوازی میں نمک پارے استعمال کرتے ہو اسی طرح پنجاب کے لوگ' مہمان داری اور شام کی چائے میں اسے شوق سے کھاتے ہیں..... بزرگ اور بیمار لوگ جو صبح کے ناشتے میں لسی وغیرہ نہیں پیتے اور ہلکا ناشتہ کرنا چاہتے ہیں وہ بھی اسے شوق سے کھاتے ہیں..... تم لوگ نمک پارے

کے میدے کو سیدھا سیدھا نمک والے پانی میں گوندھ لیتے ہو جب کہ ہم لوگ مٹھی کے میدے میں' سفید زیرا' نمک' دودھ اور الائچی ملا کر گوندھتے ہیں۔ جس سے اس کا سواد چٹک جاتا ہے.....!''

''اچھا اچھا..... جو بھی ہے مٹھی' مٹھی یا میٹھی..... ہمیں کیا لینا ہے تم یہ خط لو لمبی چوڑی دوستی یا خط و کتابت کی ضرورت نہیں..... ویسے بھی ہمارا اب انڈیا سے کیا تعلق..... ختم کرو یہ چونچلے بازی.....!'' آپا کی سنگدلی پر بہت سے تیز دھار جملے' زبان کی نوک پر آ کر مچلنے لگے..... میرے لئے خاموشی کی چادر میں منہ لپیٹنا ہی مناسب تھا۔ کیوں کہ ابھی تک بنواری لال کا خط آپا کے ہاتھوں کی گرفت میں پھڑ پھڑا رہا تھا.....!

☆

بے شرم..... بے مروت..... بے وفا.....!

رام رام..... سلام..... آداب..... یا نمسکار لکھنے سے کچھ فرق نہیں پڑتا..... فرق پڑتا ہے بندے کی سوچ سے..... اُس کے کرموں سے..... سمجھ نہیں آتا تیری جُدائی کو کیا نام دوں..... تجھے کس القاب سے پکاروں..... بھائی کہوں یا دوست..... اپنا کہوں یا بیگانہ.....! تیرا خط ملنے کے بعد سے میرے اوپر بڑی عجیب کیفیت طاری ہے۔ بچی پسلی سے خوشی کی لہر اُٹھتی ہے اور کبھی پسلی پر جا کر درد کی ٹیس میں تبدیل ہو جاتی ہے..... جانے کے بعد تُو نے مجھے یاد رکھا' اپنے دُکھ سکھ میں شریک کیا۔ اس سے میرا سینہ اور بھی چوڑا ہو گیا ہے..... تُو مسلمان ہے..... تیری تمناؤں کا مرکز کعبہ اور مدینہ ہے..... میں تو ہندو دھرم سے تعلق رکھتا ہوں..... میرا کعبہ اور مدینہ تو وہیں ہے جہاں تُو اب جا پہنچا ہے..... یہی سوچ کر میرے خون میں خوشی کے اُبالے پڑنے لگے ہیں..... ہمارے پنجاب میں..... عورتیں دوپٹہ وٹ بہنیں اور مرد صافہ بدل بھائی بنتے تھے..... قدرت نے ہم دونوں کو شہر وٹ بھرا بنا دیا ہے..... آج سے پہلے تُو میرا یار تھا..... آج کے بعد تُو میرا بھائی ہے..... شہر بدل بھائی..... ماں جائے سے بڑھ کر سگا اور عزیز.....!

اور یہ تُو زبان کے اُلٹ پھیر سے جی ہولا نہ کرنا..... زبان کا کیا ہے یہ تو ویسے بھی تِلک جاتی ہے..... پچھلے ہفتے یہاں بارشوں کا بڑا زور تھا..... ہمارے ساتھ والوں کی چھت اور ہماری چھت کا پانی ایک ہی نالی سے گزرتا ہے جس کا راستہ ساتھ والوں کی طرف ہے..... جب ہماری چھت پر بہت سا پانی کھڑا ہو گیا تو پتا جی نے ساتھ والوں کا دروازہ کھٹکھٹا کر پانی کی بابت بتایا..... کافی دیر تک دونوں بندے ایک ساتھ بولتے رہے پھر پتا جی کی اونچی آواز میرے کانوں سے ٹکرائی.....!

''شاہ صاحب! آپ نے جو عرض کی وہ میں نے سُن لی ہے جو کچھ میں فرما رہا ہوں وہ بھی تو سُنیں..... پرنالے کا رُخ آپ کی چھت پر ہے یا تو آپ اُس کی صفائی کا ذمہ نبھائیں یا ہمیں حکم کریں کہ آپ کی چھت پر آ کر بند پرنالے کو کھولیں.....!''

گفتگو کے آغاز میں شاہ صاحب پٹھے پر ہاتھ ہی نہ رکھنے دیتے تھے..... پتا جی کی گفتگو سُن کر ان کے ماتھے کے بل بھی دُور ہو گئے اور وہ مسکراتے ہوئے یہ کہہ کر اپنے گھر میں داخل ہو گئے.....

''اچھا اچھا جیسے آپ فرمائیں گے ویسا ہی ہوگا.....!''

اور ہاں ایک بات پلّے باندھ لے' پنجابی زبان کو مشکل یا بیگانی بولی سمجھ کر گھبرائیں نا.....! یہ بڑی میٹھی اور سوادی زبان ہے..... بندہ اس میں جتنا گھبتا جاتا ہے اُتنی ہی یہ بندے کے اندر رچتی جاتی ہے..... ماں کی محبت کی طرح کبھی نہ ختم ہونے والی..... تُو اِس طرح کر' روزانہ پنجابی کے دو چار اکھٹ بول..... میرا مطلب ہے سخت الفاظ کی' تنہائی میں مشق کیا کر..... جس طرح میں..... ہسپ تال کو ہسپتال..... گو... شت کو گوشت..... چول کو چاول اور مجھ کو بھینس اور اب بھینس کرنے پر لگا ہوں اِسی طرح تُو بھی..... آپ' جناب کو کم کر کے..... اَسی' تُسی شروع کر دے..... اور یاد رکھنا.....! پنجابی لوگ پیٹ کو ٹڈھ کہتے ہیں جب کہ غیر پنجابی اس کو ڈِھ کے تلفظ سے خارج کرتے ہیں..... تمہارے یا آپ کے لئے تہاڈا استعمال ہوتا ہے جب کہ غیر پنجابی تاڈا بول جاتے ہیں..... یوں سمجھ لے.....! معاملہ' دل اور دماغ کا ہے..... اردو' دماغ اور پنجابی دل کی زبان ہے..... دل کے معاملہ میں..... تھوڑا بہت ہیر پھیر تو ویسے بھی جائز ہے.....! تُو فکر نہ کر اگلے خط میں پنجابی کے بہت سے مشکل الفاظ اور اُن کا صحیح تلفظ لکھ کر میں تجھے بھیج دوں گا' اِس طرح تیرا وہ قرض کچھ کم ہو جائے گا جو تُو چار سال تک میری اردو ٹھیک کرنے پر لگا رہا تھا.....

اور ہاں.....! ہر اتوار کو ٹھرک پوری کرنے کے لئے سورج کُنڈ جاتا ہوں اور شمشان گھاٹ کی سامنے والی سیڑھی پر بیٹھ کر پانی کا نظارہ کر کے لوٹ آتا ہوں' تیرے بغیر پانی میں چھال مارنے کو دل نہیں کرتا..... مَن میں عجب طرح کا ہول آتا ہے..... پچھلے اتوار ایک اور گڑ بڑ ہو گئی..... میں شمشان گھاٹ کی سیڑھیوں پر بیٹھا من ہی من میں تجھے یاد کر رہا تھا اور سیڑھیوں پر پڑی کنکریوں سے کھیل رہا تھا' جب پانی میں ایک کنکری پھینک کر میں نے اپنا چہرہ دیکھنے کی کوشش کی..... تو جانتا ہے کیا ہوا..... بجائے میرے' پانی پر تیری شکل نمودار ہو گئی..... میں نے جتنی بار بھی پانی میں کنکری پھینک کر اپنی شکل دیکھنے کی کوشش کی اُتنی ہی بار میرے بجائے تیری شکل نمودار ہوتی رہی..... سورج کُنڈ سے واپسی پر چنڈی کے مندر اور بالے میاں کے مزار پر بھی باقاعدگی سے جاتا ہوں مگر مزار کے اندر جانے کی ہمت نہیں پڑتی..... کیا پتہ کوئی مسلمان مجھے پہچان کر ہنگامہ کھڑا کر دے کہ ہندوؤں کا لڑکا مسلمانوں کے مزار پر کیا لینے آیا ہے' اور ہاں یار.....! میں جب بھی چنڈی کے مندر میں جاتا ہوں' پھول اور پرساد کے بیچ پڑے سکّے میرا منہ چڑا رہے ہوتے ہیں مگر اُنھیں چُرانے کی ہمت نہیں ہوتی..... جب بھی ہاتھ بڑھاتا ہوں ایک انجانا سا خوف' من کو ہولا دیتا ہے..... ویسے یار ایک بات ہے' جس طرح سیاست کے گورکھ دھندے ہماری سمجھ میں نہیں آتے اِسی طرح مُلّا اور پنڈت کے دعوؤں میں بھی بڑا جھول دکھائی دیتا

ہے..... دیکھ نا.....! مسلمانوں کا دعویٰ ہے کہ بالے میاں نے چنڈی کو زیر کر لیا تھا جب کہ ہندو بالے میاں کی ہار کا ڈھونڈرا پیٹتے ہیں..... مگر..... دونوں طرف کے سادہ دل بندے اپنی اپنی بات پر مدّت سے ڈٹے ہوئے ہیں..... نہ چنڈی کے مندر کی رونق کم ہوئی اور نہ بالے میاں کے مزار پر رش کم ہوا اور ہاں یار.....! میں تو یہ سوچ کر ہول رہا ہوں کہ تیرے بغیر نوچندی کے میلے میں ہلّے گلّے کا مزہ کیسے آئے گا.....؟ یاد ہے پچھلی مرتبہ ہم لوگوں نے اصغر علی کو ایک چالیس پنتالیس سالہ عورت کے پیچھے یہ کہہ کر لگا دیا تھا کہ یہ تجھے غور سے دیکھ رہی ہے..... کافی دیر تک اصغر علی اُس عورت کے آگے پیچھے گھومتا رہا........ بریلی کے سُرمہ والے مرزا جی کی دکان پر اُس عورت سے نہ رہا گیا.....! نقاب پلٹ کر بولی.....!

''کیوں بیٹا..... کیا بات ہے تجھے کوئی کام ہے مجھ سے.....؟''

اصغر علی ہونق بن کر کہہ بیٹھا!

''جی.....! سُرمہ لینا ہے مجھے.....!''

''سُرمہ لینا ہے تو اِدھر آؤ برخوردار.....!''

مرزا جی نے کتنی بدمعاشی سے آنکھیں مٹکاتے ہوئے نہ صرف اصغر علی کو قریب بُلایا بلکہ آنکھیں دیکھنے کے بہانے اُس کے چکنے گالوں پر بھی خوب ہاتھ پھیرے..... اللہ توبہ اصغر علی نے کتنی غلیظ گالیاں بکی تھیں ہم سب کو اور ہمیشہ کے لئے دوستی توڑنے کا اعلان بھی کر دیا تھا اور جب دوسرے دن ہم سب اُسے منانے گئے تو وہ فوراً مان گیا..... اور اُس دن میلے میں دو بوڑھی عورتوں کے درمیان گاڑھے میک اپ میں چٹک مٹک کرتی ایک لڑکی کا پیچھا کرتے ہوئے ہم اُس کے گھر تک پہنچے تو وہ اصغر علی کے محلے کی دھوبن نکلی جس پر اصغر علی نے ہمارا خوب مذاق اُڑایا اور پچھلے دن کا اپنا قرضہ برابر کیا۔

یار شریفے.....! تیرے جانے کے بعد سے رادھا کی چاٹ کھانے کو دل ہوا' نہ شنکر کا پان اور نہ بشیر بھٹیارے کے پائے کھانے کی ہمت ہوئی اور ہاں احمد سلام' اصغر علی' دلشاد عالم' وجے کمار' عابد حبیب' افضال احمد' نعیم الرحمٰن اور سلیم الدین کے علاوہ ماسٹر اشفاق حُسین تجھے بہت یاد کرتے ہیں..... اگلے خط میں تُو ان سب کے نام دعا سلام ضرور لکھنا' میں تیرا خط لے جا کر انہیں دکھاؤں گا تو وہ سب بہت خوش ہوں گے..... اس بار' میں زبانی ہی یہ کام کر دوں گا' اور ہاں.....! ایک کام تیرے ذمے لگا رہا ہوں چٹیاں ہٹیاں محلے میں پیپل والی مسجد کے امام صاحب مولوی حبیب اللہ کی خدمت میں میرا اور میرے گھر والوں کا سلام پہنچانا اور کہنا کہ میں گُفتاں کی نماز کے بعد دم کرانے تو نہیں آ سکتا مگر اُن کی دعاؤں کی ہمیں اب بھی اُتنی ہی ضرورت ہے جتنی وہاں رہتے ہوئے ہوتی تھی اور سُن ورزش کا شوق پورا کرنا ہو تو کمپنی باغ کے اکھاڑے میں ضرور جائیں..... وہاں میراں بخش پہلوان ہوں گے..... مجھے وہ نہیں پہچانتے' میرے پِتا جی کا نام لے کر اُن کی خدمت میں پِتا جی کا سلام ضرور پہنچانا..... اور یار شریفے.....! ملک منظور سائیکل والے سے بھی ملاقات کر لے تو تیری بڑی مہربانی ہے..... گوالمنڈی میں کمہار روڈ کے نکڑ پر دکان ہے..... اوّل تو ملک منظور نے' میرے ذمے واجب' پیسے معاف کر دیئے ہوں گے..... نہیں تو میرا یہ قرض بھی تُو نے چکانا ہے.....!

یار شریفے.....! اتنا لمبا خط لکھنے کے بعد بھی' سر پر باتوں کی پوٹلی کا وزن جُوں کا تُوں برقرار ہے..... اس وزن کو خوشی خوشی میں اُس وقت تک اٹھائے پھروں گا جب تک تجھے دوسرا' تیسرا' نہ جانے کتنے خط لکھتا رہوں گا..... تُو نے اپنے والد صاحب اور ہمشیرہ کی بابت توجہ دلا کر' مجھے شرمندہ کر دیا ہے..... آئندہ کبھی اس قسم کی بات نہ لکھنا..... وہ صرف تیرے نہیں میرے بھی پِتا ہیں اور تیری بہن میری دیدی سمان ہیں مجھ سے جو بھی بَن پڑا میں کرتا رہوں گا.....

تیرا اپنا　بنواری لال

☆

ارے بیٹا.....! آپ میں ہمت ہے نہ مجھ میں تاب........! گنتی اور حساب میرا ویسے بھی کمزور ہے..... وزن میں پوچھو تو بے حساب..... گنتی میں پوچھو تو لاتعداد..... آخری خط اُس کا دستی آیا تھا..... پاکستان سے آنے والے ایک صاحب لائے تھے..... اُن دنوں آپ کے دادا جی بہت بیمار تھے..... شریر کے روگ اور وطن سے دوری کے علاوہ شریفے کے خط میں اپنے آبائی مکان کی ٹوٹ پھوٹ اور خستہ حالی کی خبر سنتے ہی اُن پر غشی کے دورے پڑنے لگے تھے.....

''پُتر وے.....! اپنے دوست شریفے کو لکھ..... ہتھ بندھ کے اُس سے بنتی کر کہ وہ میرے جسم پر لگے زخموں کا کچھ علاج کرے.....!

''اُسے لکھنے کی کیا لوڑ ہے پِتا جی.....! میں ہوں نا آپ کی سیوا کے لئے..... آپ حکم کریں.....!''

''نہیں..... پُتر ..... نہیں! میرے زخموں کا علاج تیرے بس میں نہیں' پتہ ہے.....! تیرے دادا جی نے کتنے کشٹ جھیل کر اور کتنے سُفنے سجا کر بنایا تھا وہ گھر..... اُسے گرنا نہیں چاہیے پُتر ..... اُس کے گرنے سے' ہمارے ارمان' ہمارے سُفنے سڑھ کے سَوا ہو جائیں گے..... تُو نہیں دیکھ سکتا..... کوئی بھی نہیں دیکھ سکتا..... میں اپنے جسم پر اُتنے ہی پھَٹ محسوس کر رہا ہوں جتنے میرے گھر کی دیواروں پر پڑے ہوں گے..... ہتّے اوئے.....! وہ ہمارا گھر ہی نہیں' ماتا کا پوتر استھان بھی ہے..... میں تیری دادی کو پرلوک میں جا کر کیا منہ دکھاؤں گا..... وہ مجھ سے پوچھے گی کہ میں نے ماتا کے پوتر استھان کی رکھشا کے لئے اپنا دھرم نبھایا کہ نہیں تو میں کیا جواب دوں گا.....؟''

میرے خط کے جواب میں شریفے نے پاکستان' راولپنڈی سے آنے والے حکیم مرزا فیروز الدین کے ہاتھ' پِتا جی کی صحت یابی کی دعائیں اور نیک تمناؤں کے علاوہ مولوی حبیب اللہ کے تحریر کردہ تعویذ پڑھا ہوا پانی اور سرکار بری امام کے تبرّک کے علاوہ بادام روغن و مقّا کی سوغات بھی بھیجی تھی اور ساتھ ہی یہ خوشخبری بھی سنائی تھی کہ اُس نے ہمارے راولپنڈی' مدن پورہ والے گھر کے

مکینوں کو پتا جی پر گزرنے والی بپتا سنائی تو وہ دھاڑیں مار مار کر رونے لگے اور دتی کے کرول باغ میں اپنا سجا سجایا گھر چھوڑنے کی داستان ہچکیوں میں بیان کرنے لگے..... کس طرح پنڈت اوماشنکر کے ایثار اور قربانی کے باعث وہ اپنی اور اپنے بچوں کی جانیں بچانے میں کامیاب ہوئے تھے..... انہوں نے جلد ہی کلیم کی منظوری کی نوید سناتے ہوئے ہمارے مکان کو اپنے نام الاٹ کرانے اور اُس کی مرمّت ورنگ وروغن کا پکا وعدہ کیا تھا اور پتا جی کے نام تحریر کردہ رقعے میں اُنہیں راولپنڈی آ کر اپنے مکان میں قیام کی دعوت بھی دی گئی تھی.....!

☆

''آپ نے اُن کے والد کے لئے اتنا کچھ کیا..... انہوں نے آپ کے ابّو کے لئے بھی کچھ کیا کہ نہیں.....؟''

''ہائے ہائے بیٹا.....! کیا سوال کر ڈالا..... میرے جگر کے ٹکڑوں.....! اُس نے تو اتنا کچھ کیا کہ میں ساری عمر بھی اُس کی غلامی کروں تو اُس کا قرض نہیں چُکا سکتا.....

اُنہیں دنوں آپا کی ممانی بانو پاکستان آئیں تو آپا نے گھنٹوں اُن سے اپنے شہر' محلّہ اور عزیزوں کی بابت دریافت کیا۔ ابّا اور نجمہ کے ذکر پر آپا کی ممانی جذباتی ہو کر بولیں.....!

''بھئی کیا نام ہے.....؟ وہ تمہارے لڑکے کا ہندو دوست ہے نا.....! بڑا خیال رکھتا ہے تمہارے شوہر اور بیٹی کا..... ہولی' دیوالی کے علاوہ عید' بقر عید پر باقاعدگی سے لین دین کرتا ہے اور ہر دکھ سکھ میں ایک ٹانگ پر کھڑا رہتا ہے..... ایک مرتبہ تو وہ اُن کی خاطر پڑوسیوں سے لڑ کر تھانے بھی جا پہنچا تھا.....!''

''آپ لوگ ایک دوسرے سے اتنی محبت کرتے تھے تو خط وکتابت کیوں بند ہو گئی.....؟''

''آہ..... ہا..... پہل میری طرف سے ہوئی تھی.....! مرزا فیروزالدین کے ہاتھ بھیجے گئے جواب میں اپنی سرکاری نوکری کی اطلاع کے ساتھ میں نے اُسے آئندہ بذریعہ ڈاک خط نہ لکھنے کی معذرت کی تھی کیونکہ سرکاری ملازمت کے دوران پاکستان سے خط وکتابت میرے لئے مشکلات پیدا کر سکتی تھی.....!''

☆

''اُس خط کے جواب میں آپ نے کیا کیا.....؟''

''کرنا کیا تھا.....! اُس کے خط سے میرے دل کا بوجھ کسی قدر کم ہو گیا تھا..... سی۔ایس۔ایس کا امتحان پاس کرنے کے بعد میرے لئے ضروری تھا کہ میں خود کو سچّا پاکستانی ثابت کروں لہٰذا میں پہلے ہی وہ تمام خط نذرِ آتش کر چکا تھا جو اِس عرصے میں بنواری لال نے لکھے تھے..... کئی بار آئے گئے لوگوں کے ہمراہ بنواری لال نے سوغات کے طور پر نوچندی کے اچار اور پانی کے بڑے پان کی ڈھولی اور بالے میاں کے مزار کی شیرنی ارسال کی....... جواب میں' میں بھی کابل کا گرما' ہینگ' منقّا اور بادام روغن وغیرہ کے تحفے ارسال کرتا رہا..... آہستہ آہستہ یہ سلسلہ بھی کمزور ہوتے ہوتے نہ ہونے کے برابر رہ گیا.....!''

☆

''پاپا.....! آپ ہر روز سادہ ناشتہ کرتے ہیں پھر بھی ہر روز یہ ضرور پوچھتے ہیں..... بھئی ناشتے میں کیا بنا ہے.....؟''

''ایک آدمی نماز پڑھتا تھا نہ روزے رکھتا تھا..... نذر نیاز شوق سے کھاتے ہوئے کوئی شخص اُسے ٹوکتا تو وہ کہتا.....!''

''کیا چاہتے ہو تم.....؟ نذر نیاز بھی نہ کھاؤں..... بالکل کافر ہو جاؤں.....!'' سوال کرنے والے کا منہ منطقی جواب سے بند کرتے ہوئے وہ شخص اپنے کام میں اور تیزی سے مصروف ہو جاتا..... مجھے پتا ہے ڈاکٹروں نے میری مُشکیں کسی ہوئی ہیں..... دو سلائس براؤن بریڈ' آدھا گلاس موسمی یا سنگترے کا جوس اور ایک کپ شوگر کے بغیر کافی' میرا روز کا ناشتہ ہے مگر بیٹا.....! انڈوں کا آملیٹ' چیز' بٹر' مالیٹ' دودھ وغیرہ کے ذکر سے ذہنی لُطف' میرا مطلب ہے مزہ تو لیا جا سکتا ہے.....!''

''آل رائٹ..... آل رائٹ..... آپ جو کہہ رہے ہیں وہ بالکل ٹھیک ہے..... اب اپنا اخبار لے کر آ جایئے اور چٹ پٹی خبروں کے ساتھ' سمپل بریک فاسٹ کر لیجئے.....!''

''ہاں بھئی.....! ویسٹ میں' اخبار انفارمیشن کے لئے چھپتے ہیں اور تھرڈ ورلڈ میں انٹرٹینمنٹ کے لئے..... چلو دیکھتے ہیں' آج کیا خبریں ہیں..... اوہ نو..... انسانیت کے دشمنوں کچھ تو خدا کا خوف کرو.....!''

''واٹ ہیپن پپا.....؟''

''بھارت کے پرتھوی میزائل کے جواب میں پاکستان نے غوری میزائل تیار کر لیا.....!''

''اِٹس ویری بیڈ.....!''

''بہار کے چیف منسٹر لالو پرشاد یادیو نے' ڈس کوالیفکیشن کے بعد اپنی انگوٹھا چھاپ پتنی' رابڑی دیوی کو چیف منسٹر نومی نیٹ کر دیا.....!''

''انٹرسٹنگ.....!''

''امیتابھ بچن نے ڈھائی کروڑ میں فلم سائن کر کے' ریکارڈ قائم کر دیا.....!''

''ویری فنی..... آئی لائک بگ بی.....!''

''ہیں.....! یہ میں کیا پڑھ رہا ہوں..... نو..... نیور..... یہ کس طرح ہو گیا؟..... شیکھر کو بلاؤ..... جلدی سے شیکھر کو بلاؤ.....!''

''پپا.....! آر یو او کے.....؟''

''نہیں..... بہت گڑبڑ ہو گئی ہے..... مجھے فوراً میرٹھ پہنچنا ہے..... آج کل اتنا ٹریفک ہے کہ دہلی سے میرٹھ پہنچنے میں دو گھنٹے لگ جاتے ہیں..... ڈرائیور سے کہو گاڑی نکالے..... کوئیک..... میں کپڑے تبدیل کر کے آتا ہوں.....!''

☆

کارڈ پر لکھی عبارت کو دہراتے ہوئے ایس۔ایس۔پی پولیس نے کھڑے ہو کر سیلوٹ کیا اور احترام سے کُرسی پیش کرتے ہوئے بولا.....!

''سر.....! آپ نے کیوں کشٹ کیا.....؟ آپ آدیش کرتے‘ میں خود چل کر آپ کی سیوا میں اُپس تھت ہو جاتا.....!''

''سُنا ہے.......! تم نے کسی اُگروادی کو گرفتار کیا ہے.......؟''

''جی سر.....! ٹھیک سُنا ہے آپ نے..... بہت خطرناک آدمی ہے سر..... سٹی کے ویزے پر کینٹ میں گھوم پھر رہا تھا.....!''

''صرف یہی جرم ہے اُس کا.....؟''

''نہیں سر.....! پوچھ تاچھ کے دوران پتا چلا ہے‘ وہ پاکستان کا ریٹائرڈ‘ سرکاری ملازم ہے..... پاسپورٹ میں‘ جعل سازی کر کے بزنس مین لکھوالیا ہے‘ سر.....! میرا خیال ہے وہ کسی خاص مقصد سے آیا ہے ہمارے دیش میں.....؟''

''فضول باتیں مت کرو..... یہ کاغذات لو اور اُسے جلد رہا کرو.....!''

''سر آپ.....؟ ایک اُگروادی کی ضمانت دے رہے ہیں..... وہ بھی پاکستانی.....!''

''کاش.....! تمہاری باہر کی آنکھ کے علاوہ اندر کی آنکھ بھی کھلی ہوتی..... بے وقوف انسان.....! اُگروادی وہ نہیں..... اُگروادی تمہارے سامنے کھڑا ہے..... جو پینسٹھ سال کا ہندو ناگرگ ہونے اور چالیس سال تک ہندوستانی پولیس کی نوکری کرنے کے بعد بھی..... پاکستان کا درد‘ سینے میں پالے ہوئے ہے..... ہندوستان پولیس کا یہ ریٹائرڈ آئی جی‘ آج اگر زندہ ہے تو صرف پاکستان کی دھرتی..... راولپنڈی کی مٹی کو چومنے کی آس میں..... جہاں اِس کا جنم ہوا تھا..... جسے یہ اپنا کعبہ اور مدینہ سمجھتا ہے..... لو.....! گرفتار کرو اِس اُگروادی کو..... اگر تم اِس اُگروادی کو گرفتار نہیں کر سکتے تو تمہیں یہ حق کس نے دیا ہے کہ تم ایک مجبور بے بس شخص کو اِس بنا پر گرفتار کرو کہ اُس نے اپنے کعبہ ثانی کی زیارت کے لئے‘ ایک معصوم سا جھوٹ بولا ہے..... کم عقل انسان.....! وہ اُگروادی نہیں..... وہ تو شُبھ چنتک ہے..... تیرا بھی..... میرا بھی....... اور اس دھرتی کا بھی.....!

☆

دوسرے دن کے اخبارات نے‘ ایک خبر کو دو حصوں میں بانٹ کر چھاپا..... ایک اُگروادی جس کا سمبندھ پاکستان سے تھا..... پولیس کسٹڈی میں مُردہ پایا گیا.....

اُتر پردیش پولیس کے پُورو آئی‘ جی پولیس بنواری لال چوہان کا میرٹھ شہر کی کوتوالی میں دل کا دورہ پڑنے سے دیہانت ہو گیا.....!

”آہ میرا بھائی“

شاہد جمیل
(گوجرانوالہ)

بڑا بھائی بس یونہی تھا، گھر والوں نے اُس کا عجیب ہی امیج بنایا ہوا تھا- گھر والے بھی کیا کرتے کہ اُسے اُن کی ذرّہ بھر پرواہ نہیں تھی- نہ روٹی کی فکر، نہ کپڑوں لتوں کی سوچ اور نہ گھر بُو ہے کا خیال- اُس نے اپنی زبان سے تو نہیں کہا تھا البتہ اپنے افعال سے پوری طرح ثابت کر دیا تھا کہ وہ اِن چھوٹے چھوٹے کاموں کیلئے نہیں بنا- اُس کا تو ایک ہی نعرۂ مستانہ تھا کہ دانش و بینش کیلئے کام کرو اور اگر شعور آ گیا تو دنیا کی تمام مادی، روحانی اور نفسیاتی آسائشیں اِس کے پیچھے دست بستہ خود چلی آئیں گی- مگر اُس کی بستی، اُس کے شہر کے لوگ اُس کی بات سننے سمجھنے کی بجائے خود اُسے ہی حیرت سے تکتے رہ جاتے- میں نے اپنے بھائی پر عمومیہ کے سرِ عام طنزیہ نشتر چلتے تو دیکھے تھے مگر گھر یا باہر کے لوگوں میں سے کبھی کسی نے اُسے نہیں سراہا سوائے مشتاق کے- مشتاق نے ایک بار گرمجوشی سے مجھے گلے لگاتے ہوئے اور میرے کاندھے تھپتھپاتے ہوئے مجھ سے کہا تھا کہ تمہیں مبارک ہو تمہارا بھائی کھِسکا ہوا ہے- مگر مجھے اس کی بات پر کیا یقین آتا کہ وہ تو خود ہی کھِسکا ہوا تھا- بھائی کو لیکن کسی چیز کی کوئی پرواہ نہیں تھی- وہ شہر کی سڑکوں، بازاروں اور چوراہوں میں شانِ بے نیازی سے یوں گھومتا جیسے ایتھنز میں ایلکی بیادیز، انٹی تھینز، اریسٹیپوس، کراٹئو اور افلاطون کے جلو میں ہو- وہ اپنی بے ترتیب بڑھی ہوئی داڑھی کے بالوں کو کھجلاتا، اٹھتے بیٹھتے سوتے جاگتے غور و فکر کرتا اور اپنے جیسے کھِسکے ہوئے لوگوں کو سوالات اٹھانے کی ضرورت و اہمیت اور جرات پر اکساتا زندگی بسر کر رہا تھا، ایک بار کسی نے اس سے کہا کہ تم فقط غور و فکر اور دانش کا ڈھونگ کرتے ہو تا کہ تمہیں اپنے بیوی بچوں کے نان و نفقے کیلئے محنت مزدوری کی مشقت نہ اٹھانی پڑے- بھائی نے ہنس کر جواب دیا! دیکھو ہماری دنیا میں ہمارے ہی ارد گرد اور بھی جاندار مثلاً چرند، پرند اور حیوانات موجود ہیں لیکن انہوں نے کبھی اپنے بچوں کیلئے اسطرح سعی نہیں کی جس طرح ہم کرتے ہیں تو کیا وہ زندہ نہیں ہیں- وہ یعنی جانور صرف زندہ ہیں جبکہ ہم صرف زندہ نہیں ہیں بلکہ وہ ابھی اپنی بات مکمل بھی نہیں کر پایا تھا کہ چھوٹے سے مجمع میں سے ایک شخص نے اپنی قمیض کا پچھلا گھیرا اُوپر کیا اور سرین اُس کی طرف کر کے ایک دو تین فطری پٹاسیں چلاتا، لوگوں کو ہنساتا دوڑاتا انہیں اُس سے کہیں دور لے گیا-

بھائی صاحب کو لوگ اگر کھِسکا ہوا کہتے تھے تو ٹھیک ہی کہتے تھے کہ میں خود بھی انہیں کھِسکا ہوا محسوس کرتا تھا مگر لوگوں کے برعکس میں اُنہیں اپنی جان جگر کا ٹکڑا بھی تو جانتا تھا اور مجھ میں اور لوگوں میں یہی فرق تھا اور میری دانست میں یہ بہت بڑا فرق ہے- بھائی واقعی کھِسکے ہوئے تھے، وہ پتہ نہیں کیوں مگر ملکوں کو شہر، شہروں کو گاؤں اور گاؤں کو گھر کہتے تھے- بھائی کو پچھلے کچھ دنوں سے جموریہ کی پریشانی لاحق تھی اور بھائی کو یہ بیماری وہی چار سو سال قبل مسیح کی یاد پڑتی تھی- بھائی کو پتہ نہیں کیوں شک گذرتا تھا کہ اس بیماری کا نام جمہوریہ سے بگڑ کر جموریہ نہ ہو گیا ہو حالانکہ دونوں میں زمین آسمان کا فرق تھا- ایک جانب حکومت، اقتدار، اختیار اور ایک جانب بیچارے مداری گر بندر والے کی تین فٹ اونچی، پونا فٹ چوڑی گندے ناخنوں اور الجھے ہوئے بالوں والی جموریہ- مگر! مگر! اس ننھی منّی جموریہ پر نہ جانا، یہ جسے چمٹ جاتی ہے اُس سے کچھ نہ کچھ لے کر ہی اُس کی جان چھوڑتی- لوگ اِسے ٹھڈے مارتے، تھپڑ مارتے مگر وہ اُن کے کپڑوں سے لٹک جاتی- اگر کسی کی شلوار بیچ بازار اُترے تو اُتر جائے مگر رُوپلی کے بغیر اُس کا ہاتھ چھڑانا مشکل ہی نہیں ناممکن ہو گیا تھا- اب تو اُس ننھی کو بھی اپنی حرکتوں پر ہنسی کے ساتھ ساتھ مزا آنے لگا تھا- لوگ پھانسی کے پھندے کے ڈر سے اُسے جان سے مارنے سے تو باز رہے اور اِس سے پیچھے جتنی بھی مار تھی اُسے وہ پہلے ہی اس قدر سہہ چکی تھی کہ اب اُسے اس مار کے ایک ایک انگ پر ہنسی کے ساتھ مزا آنے لگا تھا- بندر والے کو آخر اِس مختصر سی بچی سے اس قدر مشقت لینے کی کیا ضرورت تھی جبکہ وہ اُس کی سگی بیٹی تھی- جب بھی کوئی اس کی بابت پوچھتا تو مداری کی آنکھوں میں آنسو آ جاتے اور وہ اپنے نوجوان بیٹے کو یاد کر کے بعض اوقات دھاڑیں مار کر رونے لگتا جسے جنگ عظیم دوئم میں بم کا گولہ لگا تھا- مزے کی بات ہے کہ بھائی نے کبھی حکومت کی بات نہیں کی، بھائی تو فقط دانش کی بات کرتا تھا- وہ تعداد کے خلاف تھا اور وہ یہ سمجھتا تھا کہ ایسی تعداد جو بدکردار اور بدعمل لوگوں کا انتخاب کرے وہ بے معنی ہے چاہے وہ کتنی زیادہ ہی کیوں نہ ہو- بھائی نہیں ہے مگر آج بھی ہم دیکھتے ہیں کہ جموریہ بندر کے بچے کی طرح ہماری ٹانگوں سے چمٹی ہوئی ہے- اِس کے خوف سے لوگوں نے بازاروں میں چلنا پھرنا ترک کر دیا ہے، اِس کے ڈر سے لوگ صبح کی سیر بھول گئے ہیں- سیانے صحیح کہتے ہیں کہ بندر کے ہاتھ میں دیا سلائی پہ کا گھر کھوئے- اب جو جموریہ کے ہاتھ میں دیا سلائی ہے تو وہ لوگوں کی ٹانگوں سے چمٹ کر ان کی دھوتیوں میں شُرلیاں چلا دیتی ہے- اِس نگوڑی جموریہ کا پہلے پہل تو بھائی ہی شکار ہوا تھا- اِس کو خلق کرنے کیلے چار ہزار موٹی عقل والے لوگوں کا جتھا اُن کے ناموں کے حُروف تہجی کے اعتبار سے اکٹھا کیا گیا اور پھر اِن سب کا مشترک نام جمہوریہ رکھ دیا گیا- میرا دل کہتا ہے کہ یہی نام بگڑ کر مداری کی جموریہ کا نام بن گیا ہو گا- بھائی کی سوچ کا کینوس بڑا وسیع تھا- ظاہر ہے کہ جو شخص ملک کو شہر سے تعبیر کرتا تھا تو وہ ساری دنیا کو اپنی ہتھیلی پر دیکھنے کا خواہاں ہو گا- ہم بات کر رہے تھے جموریہ کے مظاہر کی، اس کا پہلا مظہر تو بھائی کا واقعہ ہی تھا- لوگ بے تابی سے جموریہ کے فیصلے کا انتظار

کر رہے تھے-لوگوں کو نہ تو بھائی سے کوئی ہمدردی تھی اور نہ جموریہ کے فیصلوں پر اعتراض، وہ تو صرف اور صرف اپنے شغل اور تفریح طبع کیلئے فیصلے کا انتظار کر رہے تھے-اِس انتظار اور فیصلے کی نوعیت ایسی ہی تھی جیسے کسی یونیورسٹی طالبعلم کے بس سے گرا کر قتل کئے جانے کے بعد دیگر بھائی بندُ ویعنی طالبعلم وائس چانسلر کے دفتر کے باہر احتجاج کیلئے جمع ہوئے، وائس چانسلر نے اجتماع کو منتشر کرنے کیلئے اگلے روز یونیورسٹی میں چھٹی کا اعلان کر دیا تو سارے طالبعلم چھٹی کی خوشی میں تالیاں پیٹتے اپنے ہاسٹلز کو چلے گئے-ہاں تو بات ہو رہی تھی فیصلے کے انتظار کی -انتظار کی گھڑیاں ختم ہوئیں اور فیصلہ آ گیا-فیصلہ وہی آیا جو اِس قسم کے لوگوں کی طرف سے آیا کرتا ہے-بھائی نے تو پہلے ہی اپنے قریبی دوستوں کو فیصلے کی نوعیت سے آگاہ کر دیا تھا- فیصلے کے نتیجے میں بھائی کو شوکران پینا پڑا اور پھر ابدی اندھیروں سے آشنا ہوتی اُس کی آنکھوں نے تمام انسانوں کیلئے ایک خواب دیکھا اور اس خواب کی تعبیر کا سوچ کر اُس کے نیلے ہونٹوں پر مسکراہٹ عود کر آئی-

بلا سے ہم نے نہ دیکھا تو اور دیکھیں گے
فروغِ گلشن و صوتِ ہزار کا موسم

جیسا کہ میں نے بتایا بھائی کیلئے تو وقت، دنیا اور فاصلوں کی کوئی اہمیت نہ تھی، وہ تو جب چاہتا اِن تینوں کی اپنی ہتھیلی پر گولی بناتا اور بغیر پانی کے پھانک جاتا- بھائی کیلئے نہیں تو چلو اپنے لئے ہی سہی، پر میں وقت کا تعین ضرور کر دیتا ہوں-وہ قبل مسیح کی بات تھی تو یہ بعد مسیح کی بات ہے، میرا خیال ہے کہ اتنا کافی ہے-بیت المقدس کی گلیوں اور چوراہوں پر ٹیکس اکٹھا کرنے والوں کا راج تھا- جب بپتسمہ دینے والے نے لاکھوں انسانوں کے دِلوں کی بنجر زمینوں پر ہریالی کی فصلیں لہلہا دیں-ٹیکس اکٹھا کرنے والے تو ازل سے انسانی آزادی کے دشمن رہے ہیں مگر بدقسمتی سے فیصلے کا اختیار بھی ان ہی کے ہاتھ رہا ہے- فیصلہ در فیصلہ کی تاریخ نہیں بدلی اور نہ ہی فیصلوں کی نوعیت، بھائی کو شوکران پینا پڑا تھا تو منجی کے کاندھوں پر بھاری صلیب کا بوجھ آن پڑا-شاعر نے کیا خوب کہا ہے کہ چلتے ہو تو چمن کو چلئے تو میں آپ سے کہتا ہوں کہ چلتے ہو تو صحرائے سُوس کو چلیے جہاں تمہارے ایک نہتے انسان کی سر بیدیدہ لاش بے گور و کفن پڑی ہے- یہاں بھی ٹیکس اکٹھا کرنے والوں نے اپنا آپ خوب دکھایا-دنیا والوں نے بعد ازاں اُس کے پتہ نہیں کیا کیا نام رکھ لئے مگر وہ سیدھا سادہ انقلابی آدمی تھا-جو مراعت یافتہ طبقات کے ذریعے غریبوں اور لاچاروں کے استحصال کے خلاف تھا-میرے خیال میں تو اُس سے منسوب روحانی اور ماورائی باتیں فقط افسانہ ہیں یا صرف زیب داستاں کی خاطر- یہاں بھی فیصلے کی گھڑی مقرر کی گئی-وہی عوامی جوش و انتظار، اکثریت رائے سے فیصلہ ہو جانے کی خبریں، فیصلے کی تحریر ہونے کی خبریں، فیصلے کی تحریر پر مہر تصدیق ثابت ہونے کے قصے- پھر انسان کی تمام تر معلوم تاریخ کے موافق فیصلے کے مندرجات- یہاں پھر انسان بلکہ انسانوں نے اپنی عقل و فہم کو پچھتاوے کیلئے بچا رکھا-

اچھا تو اب آج کی بات ہے-ہیں! آج کی بات کہاں ہے، بھئی کئی سو سال کی بات ہے- میرا مطلب ہے کہ اگر بھائی کے وقت اور فاصلے کے پیمانوں کے مطابق بات کی جائے تو آج ہی کی بات ہوئی ناں-واقعہ ہے کہ ایک بار پھر جموریہ لوگوں کی ٹانگوں اور اِن کے سروں کو چمٹ گئی-چند نفوس کے مقابلے میں ہزاروں کے لشکر تشکیل دیے گئے-دیکھتے ہی دیکھتے ٹیکس اکٹھا کرنے والے پھر زبردست اکثریت میں تبدیل ہو گئے - اِک ذرا سی بات پر برسوں کے یارانے گئے والی بات ہوئی اور بہت عجیب بات ہوئی-کاش ہم انسانوں کی تواریخ میں ایسی عجیب باتیں نہ ہوئی ہوتیں-مگر افسوس کہ یہ ساری عجیب باتیں ہو کر رہیں -آپ کہیں گے کہ میں نے آخری معرکے کے فیصلے بارے بات نہیں کی تو عرض ہے کہ مجھ میں بات کرنے کی سکت ہی نہیں-آپ خود بات کر لیجیے، آپ خود پوچھ لیجیے، اِس جموریہ سے ہی پوچھ لیجیے-آپ پوچھ سکتے ہیں کیونکہ آپ تو ہمیشہ سے اکثریت میں ہیں-اگر پوچھنا ہے تو ایک بات کا دھیان رہے اور یہ فیصلہ کر کے پوچھنا کہ یا ہم نہیں یا پھر میلے ناخنوں والی گندی جموریہ نہیں-اے میرے لوگو! میرے لئے نہیں تو میرے بھائی کیلئے فقط ایک بار تو کوئی اچھا فیصلہ کر سکو تا کہ میں اپنے بھائی کو بتا سکوں کہ دنیا میں اُس کا خیال شرمندہ تعبیر ہوا تھا-آہ! میرا بھائی-

”جانِ آرزو“

گلزار جاوید
(راولپنڈی)

یکم جنوری ۲۰۱۳ء
اسلام آباد
پاکستان

جانِ آرزو، جانِ جہاں،
بروئے زمیں جنت نشاں!
عزیزہ محترمہ آئی۔ایم۔ایف دام اقبالہٗ۔

تیسری دنیا کی غریب اور مفلوکحال ریاست اسلامی جمہوریہ پاکستان کے ایک کم نصیب اہلِ قلم کا سلام شوق قبول کیجیے!

قبل اس کے آپ پر تعجب و اضطرار کی کیفیت طاری ہو، یہ بتلانا بلکہ جتلانا از حد ضروری ہے کہ درج بالا آداب و القاب سے کسی بھی طرح کے جذباتِ عشقی یا سفلی کا تاثر ہرگز نہ لیا جائے۔ قصہ اصل میں یوں ہے کہ ہماری قومی زبان اردو اوّل اوّل زبانِ میر و غالب ہوا کرتی تھی۔ بلاشبہ ان بزرگانِ شعرو سخن کی وضع قطع مومنانہ اور صوفیانہ سہی دل ان کے شوق سے ہمیشہ پُر رہے۔ اب یہاں خواہش کے باوجود اقسامِ شوق گنوانا ہمیں قطعاً مقصود نہیں وگرنہ آپ تو جانتی ہیں:

ذکر اُس پری وَش کا اور پھر بیاں اپنا
بن گیا رقیب آخر، تھا جو راز داں اپنا

والی کیفیت پیدا ہو سکتی ہے۔

قصہ مختصر ذکر جب بھی پری وَش کا ہوتا ہے اپنا اور اپنے بزرگوں کا بیان دیکھنے بلکہ دکھانے کے لائق ہوا کرتا ہے۔ بات بزرگوں کی چل نکلی ہے تو یہاں یہ درج کرنا ضروری ہے کہ ہمارے بزرگانِ شعر و سخن روزمرّہ کے معاملات سے جس قدر بے گانہ دکھائی دیتے ہیں شعر و سخن میں اُس سے کہیں زیادہ حسّاس اور سخت دل واقع ہوئے ہیں۔ یعنی مذکورہ شعر میں اگر ”وَش“ کے زبر سے صرفِ نظر کیا گیا تو معنیٰ و مفہوم کچھ اور بھی نکل سکتے ہیں جس کے ہم قطعی ذمہ دار نہ ہوں گے۔ ویسے بھی یہ عامی اور درباری قسم کے بزرگ تھے بڑے کائیاں! عشق و محبت کی تہہ داریوں میں بڑے بڑے کام کی باتیں کہہ گئے ہیں۔ مثلاً پہلے والے بزرگ آج کی صورت حال کی نسبت اپنے وقت میں یوں تنبیہہ فرما گئے ہیں:

بیٹھے ہو میرؔ ہو کے درِ کعبہ پر فقیر
اس روسیہ کے باب میں بھی کچھ دعا کرو

جبکہ بعد والے بڑے میاں کچھ اس طرح پیش بندی کر گئے ہیں:

قرض کی پیتے تھے مے لیکن سمجھتے تھے کہ ہاں
رنگ لائے گی ہماری فاقہ مستی ایک دن

اب یہ ہم آپ کے ذوقِ سلیم پر چھوڑتے ہیں کہ آپ ان استادانِ سخن کی نصیحت پر کان دھرتے ہوئے ان کے اشعار کے بین السطور مفہوم کو اہمیت کا حقدار ٹھہراتی ہیں یا سطحی معنی پر توجہ دیتے ہوئے ان کی روح کو اُسی طرح غتر بود کرتی ہیں جس طرح آپ نے ہماری حکومت اور وزارتِ مالیات جو کہ ہر چند کہیں ہے کہ نہیں کا کیا ہوا ہے۔

بہت ڈھونڈنے، تلاش کرنے کے بعد بھی یہ دونوں اکٹھے نظر آتے ہیں نہ جدا جدا دکھائی دیتے ہیں۔ وطن عزیز کے کئی روزناموں اور ہفت روزں میں ہم نے ان کی گمشدگی کے اشتہار چھپوانے کی کوشش کی۔ ہر بار اشتہار کی ترسیل کے جواب میں ایک ہی نامعقول ہٹ ”پہلے سابقہ ادائیگی کرو بعد میں اشتہار چھپواؤ“ ہم نے ایک نہیں، دو نہیں کئی بار ہرکارے کو آپ کا ری شیڈولنگ والا فارمولا سمجھا اور ذہن نشین کرا کر روانہ کیا، ہر بار واپسی پر ہرکارے کو پہچاننے میں ہمیں پہلے سے زیادہ دشواری کا سامنا کرنا پڑا۔

سامنا کرتے ہوئے آج کل ہم اور بھی بہت سی چیزوں کا کتراتے ہیں۔ مثال کے طور پر ایک چیز جسے عرفِ عام میں آئینہ کہتے ہیں دیکھے ہوئے زمانہ بیت گیا۔ ہمیں تو رہ، رہ کے یہ ہی خوف دامن گیر رہتا ہے کہ کل کلاں کو سرِ راہے خود سے ملاقات ہوگئی تو ہم اپنی شناخت کس طور کر پائیں گے۔

پانچ، سات یا دس برس گزرے ہوں گے ہم نے آئینہ دیکھنے کی غلطی کا ارتکاب کیا تھا۔ آئینہ میں اپنی جگہ مجنوں کی شبیہہ دیکھ کر بے اختیار ہماری زبان سے یہ شعر ادا ہو گیا:

کبھی خود پہ، کبھی حالات پہ رونا آیا
بات نکلی تو ہر ایک بات پہ رونا آیا

شعر سے قطع نظر ہم حلفاً اور قسماً آپ کو یہ یقین دلانا ضروری سمجھتے ہیں کہ ہماری یا ہمارے خاندان کے کسی فرد کی میاں مجنوں سے کسی بھی طرح کی کوئی نسبت سوائے فاقوں کے ہرگز نہ ہے۔ لفظ فاقہ اتفاقی طور پر قلم کی نوک پر در آیا ہے وگرنہ جناب کی من پسند اور چہیتی سرکار نے جس طور ہمیں مصروفِ کار رکھا ہوا ہے اُس کی روشنی میں کوئی کم اصل یا کم نصیب ہی ہوگا جس کا دھیان روٹی جیسی فضول چیز کی جانب جاتا ہو۔

معافی چاہتا ہوں لفظ فضول آپ کی سماعت پر گراں گزرے گا مگر مجبوری یہ ہے کہ سرِ دست اس لفظ کا متبادل گرفت میں آ نہیں رہا۔ آپ تو اس امر سے بخوبی آشنا ہیں کہ آج کل بہت سی چیزیں ہماری گرفت بلکہ دست و بُرد سے

خاصی دُور ہوتی جارہی ہیں۔ کبھی آٹا ہاتھ میں آکر پھسل جاتا ہے تو کبھی گھی کی تلاش میں ہم مارے مارے پھرتے ہیں۔ چینی کی آنکھ مچولی روزمرّہ کا معمول بن چکا ہے۔ بجلی کی غیر حاضری کے ایک زمانے سے ہمارا مقدر بنی ہوئی ہے اب تو پٹرول بھی نایاب چیزوں میں شمار ہوتا ہے۔ گیس کب کی ہوا بن کر تحلیل ہو چکی ہے۔

حوصلہ افزا بات یہ ہے کہ ان سب چیزوں کا پتہ ہر ماہ باقاعدگی سے آنے والے صحت مند بل دے رہے ہیں۔ ہر چند وقت کے ساتھ (میرے خیال میں لفظ وقت سے پہلے مناسب رہے گا) بجلی، گیس، پٹرول غائب ہو رہے ہیں، آنے والے بلوں میں نمایاں طور پر شائع شدہ موٹے تازہ ہندسوں کی تعداد میں ہر آنے والے دن کے ساتھ اضافہ ہوتا جا رہا ہے۔ ہمارے لیے تو یہ امر ہی خوشی سے پھول جانے کا ہے کہ آپ جناب کو ہر وقت ہماری فکر ستائے رکھتی ہے۔ یعنی جو چیزیں سرے سے ندارد ہیں آپ جناب اُن کے نرخ بڑھانے کی بات کر کے ایک طرح سے ہمارے حق میں آواز اُٹھانے کا کارِ خیر انجام دے رہی ہیں۔

جس تیز رفتاری سے مذاکرات کا موسم سر پہ آیا چاہتا ہے اُسی برق رفتاری سے دل مارے خوشی کے بلّیوں اُچھلنے لگا ہے۔ آپ جناب کی دریا دلی کے طفیل ہماری گم شدہ حکومت اور وزارتِ مالیات اس بار بھی آپ کو اعداد و شمار کی بھول بھلیوں کی سیر کرانے کے خواہش مند دکھلائی دے رہے ہیں۔ اُمید ہے، اس بار بھی آپ نہایت سادگی اور پُرکاری سے ان بھول بھلیّوں کی سیر کے بعد اٹھارہ کروڑ عوام کو ری شیلڈ ونگ کی شکل میں نئے قرض کی فیوض و برکات سے بہرہ مند فرماتے ہوئے آبادی میں اضافہ روکنے بلکہ مناسب حد تک کم کرنے کی تجاویز و تراکیب بھی اضافی طور پر تجویز فرمائیں گی۔

تاریخ شاہد ہے، ہم اٹھارہ کروڑ سعادت مند گونگے، بہرے ہر بار کی طرح اس بار بھی پورے جوش و جذبے کے ساتھ آپ کے فرمان کی تائید کرتے ہوئے بادشاہ سلامت زندہ باد کے نعرے ضرور لگائیں گے۔

اگر نقاہت یا کمزوری کے باعث ہمارے گلوں سے نکلنے والی آواز کسی طور آپ کو سنائی نہ دے تو اسے ہماری سرد مہری یا احسان نافراموشی پر محمول ہرگز مت کیجیے گا۔ ہم اٹھارہ کروڑ عوام بے زبان جانوروں کے ریوڑ کا درجہ کیوں نہ رکھتے ہوں مگر اتنے احسان فراموش ہرگز نہیں کہ ہاتھوں کے اشاروں اور جسم کی حرکات سے آپ کے احسانات پر اظہارِ تشکر بھی نہ کر سکیں۔

ہم ہر شکل اور ہر حال میں آپ کے فیصلوں کی تائید کے پہلے بھی پابند تھے اور آئندہ بھی رہیں گے۔ ہماری جانب سے کسی بھی صورت بھوک، بیماری، بے روزگاری، جہالت یا امن و امان جیسی بے کار چیزوں پر ہرگز ہرگز وقت ضائع نہیں کیا جائے گا۔ آپ تو بخوبی جانتی ہیں:

رگوں میں دوڑنے پھرنے کے ہم نہیں قائل
جو آنکھ ہی سے نہ ٹپکا تو پھر لہو کیا ہے

خوشی کی بات یہ ہے کہ ہمارے سیاستدانوں اور بیوروکریٹس کی پیروی میں بہت سے قلمکاروں نے بھی آپ کی آواز میں آواز ملانے کی غرض سے نئے نئے گیت اور قصیدے تحریر و ایجاد کرنا شروع کر دیے ہیں۔

آپ جناب کی شان و شوکت اور جاہ و جلال کو فزوں تر کرنے کی خواہش میں اس حقیر، فقیر، پُرتقصیر نے بھی ایک نعرہ مستانہ ایجاد کرنے کی جسارت کی ہے جو بصد عاجزی و انکسار آپ کی نذر ہے:

ہر گھر سے بھوکا نکلے گا۔۔۔۔۔۔تم کتنے بھوکے مارو گے

☆

رسالہ 'چہار سو' سے منتخب شدہ افسانوں کا مجموعہ

محبت کے افسانے

(بین الاقوامی ایڈیشن)

منظر عام پر آچکا ہے